世界著名少儿 ◆ 科幻故事系列丛书

割掉鼻子的大象

高 帆 主编

吉林人民出版社

图书在版编目(CIP)数据

割掉鼻子的大象 / 高帆主编 . -- 长春 : 吉林人民
出版社, 2012.4
　(世界著名少儿科幻故事系列丛书)
　ISBN 978-7-206-08846-9

　Ⅰ.①割… Ⅱ.①高… Ⅲ.①儿童故事 – 作品集 – 世
界 Ⅳ.①I18

　中国版本图书馆 CIP 数据核字(2012)第 077253 号

割掉鼻子的大象

GE DIAO BIZI DE DAXIANG

主　　编 : 高　帆
责任编辑 : 张文君　　　　　　　　封面设计 : 七　洱
吉林人民出版社出版 发行(长春市人民大街7548号　邮政编码 :130022)
印　　刷 : 北京市一鑫印务有限公司
开　　本 : 670mm×950mm　　　　　1/16
印　　张 : 13　　　　　　字　　数 :150千字
标准书号 : ISBN 978-7-206-08846-9
版　　次 : 2012年7月第1版　　　　印　　次 :2021年8月第2次印刷
定　　价 :45.00元

如发现印装质量问题,影响阅读,请与出版社联系调换。

编选及撰稿人（按姓氏笔画为序）：

云　篷　王文瑄　田　苇　孙一祖
孙　淇　孙天纬　吕爱丽　宋丽军
宋丽颖　邱纯义　张　岩　贾立明

前　言

今天，世界已进入了一个科学技术不断飞速发展的新时期。成长中的少年儿童作为未来世界的主人，更以非凡的热情关注着时代的发展，关注着灿烂的明天。对于正处在蓬勃、向上最好幻想的少年儿童来讲，科幻小说既能满足他们阅读生动故事的兴趣，极大地启发和引导他们的想象力，又能满足他们探索奥秘以及富有英雄主义精神的追求不平凡光辉业绩的心理，从而使他们在津津有味的阅读中，增长知识，培养科学精神，并进一步激发他们探索科学奥秘的热情，燃起他们变美好的幻想为现实的强烈愿望。因而在阅读中，也必然对科学幻想性作品有一种如饥似渴的需求。为了满足少年儿童的需要，我们编选了这套"世界著名少儿科幻故事"系列丛书。

科幻小说即使从被普遍认为是世界第一篇的玛丽·雪莱的《弗兰肯斯坦》算起，至今也已经历了180年的发展历史，积累的作品浩如烟海，尽管以"优秀""著名"来加以限定，可选读的作品仍是琳琅满目，美不胜收。我们根据少年儿童的阅读心理、审美趣味和接受能力，从灿若繁星的中外科幻名著中选择了120余篇(部)，为方便阅读，大体按题材、内容分编为8册，即《割掉鼻子的大象》《宇宙飞船历险记》《外星人来到地球上》《头颅复活了》《机器人逃亡了》《穿越时空的飞行》《神秘的魔影》

《不死国》。

　　每个分册作品的顺序，大致按地区和作品产生的年代排列。先欧洲，以英、法为首，这是因为不仅公认的第一部科幻作品《弗兰肯斯坦》产生在英国，而且被誉为科幻之父的凡尔纳以及其后另一派科幻创始人威尔斯，也分别为法国和英国作家，这样排列自然也就适应了按年代排列的要求。次为美洲，这些以被誉为科学奇才的阿西莫夫为代表的科幻作家们，开辟了世界科幻创作的新的黄金时代。再次为亚洲，中国排在最后。中外两个部分，中国本可以在前，也可以在后。排在最后，既标志了中国在亚洲的归属，也从时间上自然标志了中国现代科幻著名作家、作品的产生晚于欧美。

　　对所选的作品，两三万字以内的全文编入，而三万字以上的则采取缩写的办法，编入一个保持了原作概貌的故事。这既是因受篇幅的限制而采取的措施，也是针对少儿读者这一特定对象的欣赏习惯而确定的一个原则：向他们介绍一个有趣的科学幻想故事，只突出其故事本身的魅力，并不强调原作作为小说的风采。毫无疑问，译者的劳动为我们的缩写提供了方便条件，我们充分尊重翻译家们的劳动，并对他们致以深深的谢意。但还要说明的是，有些篇参照了不同的译本，有些对原译文字进行了较大改动，为了本书格式的统一，缩写稿的原译者就一律未予注明，在这里也一并表示歉意！

　　为了编好这套书，着手之初，我们已与部分作者、译者取得了联系，得到了他们的支持，有的作家还热情地为我们提出了一些十分宝贵的建议，我们在这里深表感谢。但是也有一些作者、译者，我们至今尚未联系上，或因地址不详，或因出国、退休，信件无法送到，我们深感遗憾。相信这套书的出版，会使我们之间得以沟通，并希望得到大家的谅解。期待着给我们来信！

高　帆

目录
contents

巨鸟岛　　　　　　　　　　　　〔英国〕威尔斯 ◇ 001

翼龙复活了　　　　　　　　　〔英国〕梯姆·斯道特 ◇ 015

猿猴世界　　　　　　　　　　〔法国〕皮埃尔·布勒 ◇ 027

海底两万里　　　　　　　　　　　〔法国〕凡尔纳 ◇ 047

苏格拉底　　　　　　　　〔英国〕约翰·克里斯托弗 ◇ 073

第六感觉　　　　　　　　　〔苏联〕弗·聂姆措夫 ◇ 077

科学家——大象历险记　　　　〔苏联〕亚·贝纳耶夫 ◇ 088

归来的狗　　　　　　　　　〔日本〕松山祐次郎 ◇ 105

割掉鼻子的大象　　　　　〔中国〕迟叔昌　于　止 ◇ 108

大鲸牧场　　　　　　　　　　　〔中国〕迟叔昌 ◇ 120

目录
contents

鲨鱼侦察兵　　　　　　　　　　〔中国〕郑文光 ◇ 131

布克的奇遇　　　　　　　　　　〔中国〕肖建亨 ◇ 163

梦梦买猫　　　　　　　　　　　〔中国〕刘　咏 ◇ 173

海豚阿回　　　　　　　　　　　〔中国〕王亚法 ◇ 177

万兽之王　　　　　　　　　　　〔中国〕魏雅华 ◇ 186

巨 鸟 岛

〔英国〕威尔斯

那天，我正在花市摆摊子。一个脸上有伤疤的人走过来，斜倚在台子上，打量着我的一捆东西。

"是兰花吗？"他问道。

"有几棵。"我说。

"这品种叫赛拍里披亭。"他说。

"主要是这个品种。"我说。

"什么新品种吗？我想，绝不是什么新品种。在二十五年到二十七年以前，我对出产兰花的那些岛屿进行过调查研究。要是你这里有新品种的话，那应该是崭新的了，那时还找不到。说实在的，当时我把兰花的品种摸得一清二楚，不会遗漏掉很多的。"

我说："我不是采集兰花的，我只是做买卖。"

他继续说："那时我年轻，我真是满天飞呀。"他一面说，一面打量着我。"我在东印度呆了两年，在巴西呆了七年。后来到过马达加斯加。"

我很想听听他有趣的经历，因此我向他说，"我知道几位探险家的名字，你是为谁去采集来着？"

"道生公司。我不知道你有没有听到过卜超这个名字？"

"卜超——卜超？这个名字很熟，唔！我想起来了，有这么一回事儿：卜超控告道生，这案件很有名。"我说："啊！你就是控告他们的那个卜超？你被扔在一个荒岛上，……你要求补给你四年的薪金，是吗？"

有伤疤的人说道："真是一个可笑的案件，亏你还记得。打官司的人就是我呀！我在那个岛上，什么事情也没给他们干，却发了一笔财。他们没法送解聘通知给我，那我当然要按住在荒岛上的年月，依法起诉，找他们算账啰！我在荒岛上老早就想到这一着，吃饱了没事儿干，常常在地上划道道计算应得的钱数，日积月累，加起来倒也不少哩。"

我问道："事情的来龙去脉是怎么个情况呢？案情我确实记不太清楚了。"

"哦……你听说过伊披奥涅斯这个名称吗？就是马达加斯加鸵鸟，你听说过吗？"

"听说过，大约一个月前安达路斯告诉我，他在研究一个新品种。恰恰在我乘船到这里来之前，他们弄到了一根大腿骨，看上去很像大腿骨，差不多有一码长。可想而知，那一定是个大得不得了的怪物！"

有伤疤的人说道："我相信你的话，说实在的，《天方夜谭》里辛伯达航海碰到的大鹏鸟，就是这种怪物。不仅他们发现了大腿骨，而且以前还有人发现过较多的大鸟骨骼呢。"

"是的，有人发现过。你也相信？"

"怎么不相信，有一次就是我发现的。主啊！差不多是二十年前的事情了。如果道生公司不在薪金方面干出那种蠢事来，我回来以后本来可以帮他们搞一个垄断组织的。那样一来，局外人就沾不上边，得不到好处了，什么挖掘呀，采集呀，都可由这个垄断组织抓在手里，准发大财。这样，安达路斯还能掘到大腿骨吗？大腿骨是在哪儿掘到的呢？"

"听安达路斯说，是在一个沼泽地带掘到的。"

面带伤疤的人说："对了，我猜，那准是我当年发现大鸟骨骼的地方，大约在塔那那利佛以北九十英里。到那地方去，得乘小艇顺着海岸走。你兴许还记得？"

我说："不记得了。我想安达路斯提到过一块沼泽地？"

他说："一定就是那个地方。就在东海岸。不知怎么，那儿的海水里有一种成分，能起到保持东西不腐败的作用。这种成分的气味很像杂酚油。这使我想起加勒比海上的达立尼特岛那儿有著名的煤焦油湖泊。喂！他们除了发现大鸟腿骨以外，还发现过大鸟的蛋吗？我发现的那些蛋，有长达一英尺半的。那块沼泽地圆圆的，只缺一个角。那里的水也咸得要命，里面都是盐分，啊……那时候，真够我受的，我发现那些东西，完全是偶然的。我们出去找蛋。我和两个土人小伙子，乘一种古怪的船，是几只独木舟绑在一起的。我们找蛋，同时也发现了大鸟骨骼。我们带了一顶帐篷，还有够吃四天的粮食。我们挑选了一个比较坚实的地方，搭起帐篷。在那里随时可以闻到那种奇特的煤焦油味儿。工作倒是挺有趣的。我们用铁棒在湿土里探索，当然常常把蛋给捣碎了。我很想知道，那些巨大的鸟是什么年代生存在那里的？又是什么时候绝了种？传教士说，当地的土人有一些关于巨鸟的生存年代的传说，我本人却从来没听说过这类故事。但是，我们掘到的蛋，确实像刚刚生下来时一样新鲜。真新鲜！我的黑人小伙子中有一个人把蛋运到船里，他把一只蛋掉在岩石上摔碎了。我把那穷小子狠狠揍了一顿。但是那个蛋可真新鲜。我不是刚才说了吗？好像刚生下来似的，连一点臭味儿也没有。而它的妈妈也许已经死了四百年了。黑人小伙子说，他不是故意打碎的，是他给蜈蚣咬了一口，忍不住痛，松了手。这就别管他了，我还是言归正传吧。我们花了一整天的工夫，小心翼翼地挖稀泥，才把那些蛋挖了出来，没有破。忙活了一天，浑身是泥，累得要命，我自然发了脾气。但那些蛋也实在可贵。据我了解，蛋历来就有人挖到，但没有一丝裂缝的，却只有这一批。后来，我到伦敦自然博物馆去参观，看见一些同样的蛋，全有裂缝，只是粘补起来了，好像镶嵌的细巧工艺品，甚至还有小块的缺损。我掘出的蛋，都是完整无缺的。那小子只因为蜈蚣咬了他一口，便歇了三个钟头，还打碎了好好的一只蛋，难怪我狠狠地揍了他一顿。"

有伤疤的人拿出一只陶制烟斗。我把我的烟袋放在他面前。他心不在焉地装他的烟斗。

"其余的蛋怎么样了？你把那些蛋拿回家来了吗？我不记得……"

他回答我说："那是这个故事的奇特精彩之处了。还剩下三只完全新鲜的蛋。后来，我们把这些蛋放在船里，我上岸到帐篷里去煮咖啡，让两个异教徒小伙子留在海滨——一个在胡乱处理着他的蜇伤，另一个人帮助他。我没想到那穷小子想利用我的特殊处境，故意找我麻烦，和我争吵。我起初还以为他因为被蜈蚣咬了一口，又挨了我一顿揍，所以大发脾气呢——因为他一贯地喜欢吵吵闹闹。另一个比较老实，可是只要他一闹，一煽动，准也跟着吵嚷起来。

"我记得，我正坐着吸烟，用通常出远门时常携带的酒精灯烧开水。偶尔也欣赏几眼夕照下的沼泽地。阳光是墨黑中夹杂着血红，显得一条条的——景色美极了。那一边，陆地在灰色的蒙蒙烟雾中逐渐升高，连着群山，天空衬托在后面，呈现为一片玫瑰红色，像个熔炉口。那个小伙子呆在我背后，离我有五十码的地方。他对周围宁静的气氛漠不关心，却正在阴谋将船劫走，把我孤零零地留在沼泽地上，而我的帐篷里除了三天粮食和一小瓶饮用水外，没有什么可以吃喝的东西了。我突然听见背后发出一声喊叫。他们登上了用独木舟绑成的船。离岸已经有二十码远了。我意识到出了什么事。糟糕！我的枪在帐篷里，而且我没有子弹，只有打野鸭的霰弹。他们知道这情况。幸好我的口袋里有一支小左轮，我一面向海滩跑下去，一面掏出手枪。"

"回来！"我挥动着手枪说。

"他们向我叽叽咕咕地不知说了些什么话。打碎蛋的那个人一个劲儿嘲笑我。我向另一个人瞄准——因为他没有受伤，正把握着短桨。但我没有打中。他们大笑起来。我并没有灰心丧气。我知道我必须保持冷静，再试试向他开枪。'呼'的一声，他吓了一大跳，显然他感到危险，不敢再笑了。第三次，我打中了他的头，他翻身落水，短桨跟他一起滚下水去。我估计了一下距离，足足有五十码。一支左轮，能在这个距离内发挥威力，是非常幸运、极为可贵的了。他一直沉了下去，我不知道他是被枪打死了，还是仅仅打昏了，从而落水溺死的。我向另一个小伙子呼喊，叫他回来。但他在船里缩成一团，拒绝回答。于是我只好朝他开枪了。

"我可以告诉你，我觉得自己真是个少有的傻瓜。在这个令人生厌的黑乎乎的海滨，我的背后全是平坦的沼泽地。此外是辽阔的大海，日落以后冷冷清清，只有这只黑色的独木舟稳定地漂出海去。我告诉你，那时候我只有痛骂道生公司、詹姆拉契公司、博物院和其他单位了，他们真该挨骂，让我沦落在这块该死的地方。我大喊大叫，要这个黑人回来，直喊得声音都走调了，才不得不罢休。

"没有办法，只好游泳，追上去。会不会遇到鲨鱼呢？只好碰运气了。我拉开小刀衔在嘴角，脱了衣服，走进水里。一进入水里，我就看不见小船的影子了。我只凭我的判断瞄准，以便阻止它再往远处漂去。我希望船里的人连一根拨水的杆子都没有，驾驶不了那只小船。我更希望我前进的方向，正好是独木舟漂流的方向。真是万幸，不多一会儿，船又在地平线上出现了，在西南方向，只是落日的余晖已经完全消失，夜晚的昏暗渐渐爬了上来。星星在蓝天上陆续出现。虽然我的两条腿和双臂早已隐隐作痛，我还是像个游泳冠军似的拼命向前游去。

"天上的星星越来越多。天愈来愈暗。我开始看见各种各样海洋生物发出的磷光。你知道，这磷光，讨厌极了，一闪一闪地，使我晕头转向。我几乎无法认清哪些是星星，哪些是磷光，也不知道我是在用头游，还是用脚游了。幸亏我已经游近了独木舟，小船一片漆黑，船头下面的微波活像燃烧着的液体。我小心翼翼地好容易爬上了船。我首先急于要了解的，是那个黑人在干什么。他似躺非躺地在船头缩成一团。船尾翘了起来，完全离开了水面。你知道吗，那小船浮在水上不断地慢慢打转，简直像跳华尔兹舞。我走到船尾，把它往下按，料想黑人会惊醒。然后，我开始往小船里面爬，手里拿着刀子，随时准备扑上去。但他始终不动。我便坐到船尾上。小船在平静的磷光点点的大海上越漂越远。头上是满天星斗。我等待着会发生什么事情。

"过了半天，我叫他的名字，但是他始终没有答应。我实在太疲倦了，不能冒险向他走去。所以我们就各自坐在那儿。我觉得自己打了一个盹或两个盹。东方发白时，我才看见，他已经死得像门钉一样僵硬了，而且尸体肿胀、发紫。我的三只大鸟蛋和大鸟骨骼放在独木舟的中部。水瓶和一点咖啡和饼干用好望角的《阿古斯》报包着，放在他的脚边。一罐变质的酒精放在他身子下面。没有短桨，实际上，除了酒精罐以外，确实也没有什么东西可以当作短桨了，所以，我决定漂流，等待有人来救我。我验了他的尸体，断定他是在逃离之前，被某种蛇、蝎子或蜈蚣咬了，才丧命的。我把尸体抛到船外。

"之后，我喝了点水，吃了几块饼干，向四周打量了一番。水面很低，一眼望去，望不到很远；至少，马达加斯加完全看不见，也看不到一点陆地的影子。我看见一条帆船向西南行驶——看起来像是一艘两、三桅的纵帆船，但船身一直也没有露出来过。很快地太阳升到天空，阳光晒到我身上。主啊！它简直使我头脑发昏。我想把头伸到水里浸一会儿，好使自己清醒一些，可是过了一会儿，我的眼光落到好望角的《阿古斯》报上，我便直躺在独木舟里，把报纸盖在身上。那种报纸，我从来没有从头到尾看过一遍。可是当时，那些报纸却成了稀贵的东西！我一篇不漏地一遍又一遍地反反复复地读，我想至少读了二十遍。当你是孤独一人的时候，真不知会做出什么样奇怪的事情来。船里的沥青随着热气简直在冒烟，冒出一些大气泡。"

有伤疤的人接着说，"我就这样漂流了十天，这讲起来好像是件小事，不是吗？每一天都仿佛末日似的。除了早晨和晚上，我甚至都不瞭望了。因为火焰似的阳光，实在令人受不了。开头三天，我没有见过一片帆影，后来，偶尔看到远处的船只，但是，船里的人没有注意到我。大约在第六天晚上，一只大船驶过，离我不到半英里，它灯火通明，舱门洞开，看上去像只大萤火虫似的。船上乐声悠扬，响彻云霄。我站起来，向船上高声呼救，尖声喊叫，但是他们没有听见。又过了一天，吃的东西所剩不多了，我在一个巨鸟蛋上凿了一个孔，把蛋壳的一端一片片地剥去。尝了一下味道，觉得满可以吃，我真高兴极了。吃起来还挺有滋味的——我意思说，很不错——只是有一点鸭蛋的腥气味。在蛋黄的一边有个略圆的小斑块，斑块的直径大约有六英寸，里面夹杂着丝丝血痕和像一架梯子似的形迹，那形迹我觉得挺奇怪。但当时我既不懂那是什么意思，也没心思去研究它。这只蛋加上饼干和少量的水，足足维持了我三天，我还咀嚼了一些咖啡豆——那算是补品了。第二只蛋，我大概是在第八天打开的，这个蛋使我大吃一惊！"

有伤疤的人沉默了片刻，又接着说："是的，在发育呀！

"我敢说，你会认为这事情是难以相信的。但是事实活生生地摆在我的眼前，我怎么能不信呢！它本来是只蛋，也许在又冷又黑的湿土里已经沉睡了三百年之久。但是，千真万确，在蛋壳里已经形成了——什么呢？——形成了胚胎呀，一个大脑袋，弯弯的脊背，一颗心脏在喉咙下面跳动，蛋黄蜷缩起来了，一片很大的薄膜蒙在蛋壳内部，也蒙在蛋黄上面。这里，在印度洋中心的一只小小的独木舟上，我正在孵化一只巨鸟蛋——已经绝种的、巨大无比的鸟所生的蛋。要是老道生能知道这消息该有多好呀！这就足够值四年的薪金了。你老兄认为怎样呢？

"但是，我为了活下去，不得不在驶近珊瑚礁之前，把那个珍贵的小生命吃掉，吃得一点也不剩。而且觉得有几口确实不是滋味。我留下了第三只。我把它拿到亮光下瞧瞧，但是壳太厚，完全看不出蛋里面是什么情况。我把蛋贴近耳朵听了听，仿佛听到了血液搏动的声音，但这可能跟听海螺壳时，感到有嘶嘶的声音一样。实际上那并不是海螺壳发出来的声音，只是耳朵的一种感觉罢了。

“后来，珊瑚礁终于出现了。好像突然从太阳光里冒了出来，向我接近。我径直向它漂去，漂到离岸大约有半英里时——我看，不会超过半英里吧！——真不巧，正赶上退潮，我不得不拼命地划水，巨鸟蛋的壳成了船桨，我用它使劲划水，艰难地驶完这段距离，好容易到了那个地方。这只是个普通的珊瑚礁，方圆大约有四英里。上面稀稀疏疏有几棵树，有一处地方还有一泓泉水，礁湖里满满的尽是鹦鹉鱼。我先小心翼翼地把蛋搬上岸，放在一个向阳的适宜地方。那里高出潮水线很多，即使潮水涨上来，也不会把它冲走。我把蛋安顿妥帖了，凡是要照顾到的事情都毫无遗漏地考虑到了。我把独木舟拖到安全的地方，然后蹓蹓跶跶地调查了一番周围情况。真奇怪，珊瑚礁竟是那样的单调乏味！泉水似乎就是最使人感兴趣的地方了。我小时候听过《鲁滨逊飘流记》的故事。那时以为鲁滨逊独自一人在荒岛上冒险，有意思极了。但是，现在这个地方实在太无聊啦。我走来走去，到处寻找食物，一边心里想东想西的。但是，我告诉你，第一天还没过去，我已经觉得腻味得不行了。老天爷把事情也安排得够巧妙的——就在我上岸的那一天，天气变了。一场雷雨朝北方袭去，这个小岛也遭受到它威力的干扰。到了夜晚，下起瓢泼大雨，狂风在我头上呼啸着。你知道，要打翻那只独木舟，还用费多大的劲儿呀！

“我正睡在独木舟底下。蛋，很侥幸地已安置在比海岸高一些的沙地上。我所能回忆起的头一件事，就是仿佛有成百上千的孵石，同时打在小船上的那个声音。一股急流从我身上冲了过去。那晚我不断地作梦，梦见了塔那那利佛，我坐了起来，伸手去抓椅子，我平时总将火柴放在椅子上。我摸了个空，惊醒了，才想起我在什么地方。磷光迸发的海浪涌了进来，好像海浪存心要把我吞掉似的。夜，黑得像沥青；风，号叫着。乌云仿佛要下垂到你的头上，雨下得仿佛天空在渐渐下沉，老天爷在不断地往下泼天上的洪水，一个巨浪活像一条火蛇似的疯狂地翻滚着向我扑来，我急忙向上方逃跑。但是我又想起了沉船，当水又渐渐退下的时候，我跑下去找船，但它已经不知去向了。我还很想知道蛋怎么样了，便凭记忆摸索着，向安放蛋的地点跑去。谢天谢地，它平安无事，最疯狂的海浪也碰不到它。于是，我在蛋旁边坐下来，紧紧拥抱着它，让它给我做伴，主啊！那是什么样的一个夜晚呀！

"黎明前，暴风雨停了。天亮时，天上没有留下一丝云影。海滩上却一路散落着碎板片——原来我的独木船早已散了架子，那是它的残骸。我可有事情做了。我利用两棵并排生长的树，加上那些乱七八糟的残余物搭成凑合可以使用的风雨棚。就在那一天，蛋孵出来了。

"孵出来了，先生，正当我把头枕在蛋上睡大觉的时候，我听见一个沉重的打击声，我震动了一下，便坐了起来。蛋的一端被啄开了，伸出一个模样古怪的棕色小脑袋瓜儿，朝我望着。'主啊！'我说，'欢迎你'；虽然有点费劲，但它终于脱壳而出了。

"一开始，他偎人依依，惹人怜爱。个头像只小母鸡那么大，形状像一般雏鸟，只是更大一些。它的羽毛的根是棕灰色的，羽毛上的斑点样子像灰色的痂，不久就脱落了。它身上的羽毛，是一种柔软的茸毛。我简直形容不出，我看到它时，心里有多么高兴！告诉你吧，鲁滨逊没有如实描写出他当时的寂寞。现在我有了一个很有趣的伙伴。它望着我，像只鸡似的侧头，眨着眼睛，发出一声声啁啾，然后开始东啄一口西啄一口起来，好像延迟了三百年才出世算不了一回事似的。我向它说：'星期五，我看见你，高兴极了！'当我在独木舟上发现蛋有生机的时候，我已经暗中决定，等它孵出来了，它就应该叫'星期五'。我对它的饲料有些担心，不知道它喜欢吃什么。我马上给了它一块生的鹦鹉鱼。它吃了，张嘴还要。我很高兴，因为在这种条件下，如果它不能适应，不喜欢吃鱼，那就没有东西可以喂它了，只好趁早把它吃掉了事。

"你想象不出，那只巨鸟小雏多么有意思。从一开始，它就跟在我后面跑，寸步不离，常常站在我身旁。当我到礁湖捕鱼时，它在岸上守望。等我捕到什么东西时，我们分享。鱼多，容易捕获，彼此吃得心满意足。它也很有见识。海滩上有一些腥臭的绿色多疣的东西，样子像腌黄瓜，它尝了一次，就倒了胃口，从此对那玩意儿连看也不看一眼。

"它渐渐长大了。你几乎能看出它一天天地见长。我从来不是个社会上的社交人物，因此它那沉静友好的行为恰恰和我合得来。将近两年，我们在那个岛上相处得很快乐。我没有工作方面的操心事，因为我知道，我的薪金在道生公司越存越多。我们也时常可以看到有帆船驶过，但是从来没有任何船驶到我们近旁来。我用海胆和各种颜色鲜艳的贝壳镶成图案，把这岛上一些地方装饰得花团锦簇。我用这种办法来消磨时间，我在各处用大写字母拼写'伊披奥涅斯岛'字样，字体粗大，线条分明，好像古老乡村的火车站上，用彩色石料砌成的车站名称一样。我还在地上做算术，画各式各样的图画。我常常躺在地上看这只幸福的鸟儿大踏步地踱来踱去。它在不断地长大，长大；我对它寄予希望，想到来日方长，只要我有机会脱离这个荒岛，将来就可以把它带到各处去展览，靠它谋生。它第一次换毛后，变得漂亮起来了，长出一簇冠毛和一个蓝色的肉垂，而臀部丛生出绿色羽毛。不过，我担心，道生公司是不是会提出对这鸟儿享有某种权利的要求。在风暴天气和雨季，我们温暖、舒适地躺在我用独木舟的碎片搭成的棚子里，我总是随心所欲地对鸟儿讲一些国内朋友的情况。风暴以后，我们一起在岛上巡回，看有没有什么东西漂到岸上。你也许会说，这生活像一首诗哩。如果我再有一点烟草的话，那简直像天堂了。

"大约在第二年年底，我们小小乐园出了问题。那时，'星期五'大约有十四英尺高了，阔大头颅像鹤嘴锄的后部，一双硕大的棕色眼睛围在黄色的眼圈里。那两只眼睛不像鸡眼睛长在头部两侧，而是像人眼睛一样，并列朝前。它的冠毛很漂亮——不像鸵鸟小雏那样好似穿了半身孝服——就颜色和结构来说，它更像一只食火鸡。就从那时候开始，它向我翘冠毛，神气活现地显示出脾气粗暴和下流的迹象。

"最后那一段时期，我的捕鱼运气比较差，它开始用一种奇怪的仿佛在沉思的神态缠着我。我想它也许是吃了海参或什么别的东西，感到不舒服了。实际上它是嫌它分到的那份食物太少，在表示不满。可是我也在挨饿呀！有一次，我捉到一条鱼，准备自己吃。那天早晨，我们双方脾气都很暴躁。它来啄鱼，而且抢了去，我朝它的头上重重地捶了一拳，要它放下鱼来。就为了这个原因，它竟向我扑了过来。主啊！……"

这人指指他脸上的伤疤，又说道："它给我脸上留下了这个。它还使劲踢我。它简直像一匹拉货车的马。我连忙站了起来，见它还不罢休，只好弯着双臂，抱头保护着我的脸，拔腿飞逃。但是它那一双笨拙的腿，竟比赛马跑得还快。它的腿用力踢过来时，简直和抡着大锤、居高临下的敲击一模一样。它那鹤嘴锄似的嘴，拼命啄我的后脑勺。我冲到礁湖里，使水一直泡到我的脖子。它追到水边，才算停住，因为它最怕水沾湿它的脚了。它闹个没完，声音有点儿像孔雀的啼叫，只是哑涩一些。它在海滩上高视阔步地踱来踱去。我得承认，面对这只该死的活生生的老古董在那儿大逞威风，我感到自己很渺小。我的头和脸都在淌血。而且——啊，我遍体鳞伤，浑身上下真是千疮百孔，黏糊糊的一片，到处痛得要命。

"我游到礁湖对岸去，让它独自个儿在那儿趾高气扬，后来事情慢慢平息下来了。我爬上一棵最高的棕榈树，坐在那里仔细琢磨事情的全部过程。我从来没有吃过这么大的苦头，受过这么大的委屈。这是那畜生的忘恩负义造成的。我对待它胜过兄弟。我孵化了它，哺育了它。但它毕竟是只愚蠢的、过了时的禽类！而我是一个人——时代和一切的继承者。

"我想，过一段时间以后，它会明白过来的，它会回心转意，对自己的所作所为感到内疚的。我想，如果我捉到一些美味的鱼，过些时候用一种随随便便的方式'过去'把鱼送给它吃，也许能使它变得明智一些。但是，我花费了一些时间才搞明白，一只绝了种的鸟儿多么爱记仇，多么喜欢吵闹。真是太可恶了！

"我不想给你讲，我想尽了一些什么办法，企图把那只鸟儿争取回来。我连讲都讲不出来了，直到现在，一想起我从那个凶狠的老古董身上受到的肆意怠慢和打击，还使我羞愧得满脸通红。我试想用暴力制服它。我从一个安全的距离，把一团团的珊瑚向它扔去，但它全吞了下去。我把自己的小刀猛掷过去，刀子太大，它吞不下去，但是我差一点把那把小刀给丢了。我想法使它挨饿，于是就不去为它捉鱼了。但是它在海边浅水里找虫子吃，勉勉强强地填饱肚子。我只好一半时间把脖子以下浑身浸在礁湖里，其余时间，爬在棕榈树上。有一棵棕榈树不够高，有一次我为了躲避它的追逐，匆忙爬上去时，它飞奔过来，在我的腿肚子上猛啄，真令人难以忍受！我不知道你是否尝试过在棕榈树上睡觉。我在树上做着最最可怕的噩梦。真是羞死人！绝种的畜生竟盘踞在我的岛上，像个绷着脸、旁若无人的公爵，却逼得我在地上连个立足之处都没有了。我常常为此感到烦恼透顶，焦急万分而痛哭失声！我直截了当地对它说，我不希望为了混账的时代错误，而在一个荒凉的岛上受它的追击迫害。我告诉它，还是退回去四百年去啄自己那个时代的航海客人吧。但是它仅将它的嘴向我狠狠啄来。丑恶的巨鸟，腿和颈子都那么丑陋！

"我真不喜欢跟人讲这情况持续了多久！如果我知道怎样能弄死它的话，我早就把它弄死了。后来，我终于想到一个收拾它的办法。这是南美洲人的一种巧妙方法。我把我所有的钓丝都用海藻茎等等东西联结起来，做成一条结实的绳子，大约有十二码长，或者更长一些，在两端缚上两团珊瑚块。我在极端困难的条件下，花了不少时间才做成，因为我得随时浸到礁湖里去，或攀登到棕榈树上去。我做成绳子以后，拎起它的一头，像杂技演员耍水流星似的，使劲地在头上旋转，然后嗖的一下对准它放过去。第一次没有命中，第二次绳子套住了它的两腿。它越挣扎绳子缠得越紧，在它的两腿周围绕了几匝。它跌倒了。我是站在礁湖里，水没倒齐腰深，把绳子甩出去的。等它一跌倒，我立刻跑出水去，用我的小刀割它的颈子……

直到现在，我还不愿回想那桩事情。做那件事情的时候，虽然对它怒火万丈，但还是感到自己是个谋杀犯。我站在它的旁边，看它往白沙地上淌着鲜血，它的双腿和颈子显得强劲而漂亮，在它的最后痛苦中不断痉挛，抽搐……啊！

随着这个悲剧而来的是寂寞，寂寞向我袭来，宛如一场灾难。善良的主啊！你想象不出我是多么想念那只鸟儿。我坐在它的尸体旁致哀，我回想它在孵出来的时候，是一只多么令人愉快的可爱的小鸟，我也回想它在闹事以前所表演的种种调皮行径是多么讨人喜欢。我想到如果我只是伤了它的感情，那我很可能把它安慰过来，从而获得更好的了解。如果我有办法掘开珊瑚岩的话，我准要把它埋葬。我在感情上最后把它看成是一个人。实际上，我也无法考虑把它吃掉，所以我把它的尸体放到礁湖里，可惜各种小鱼一下子把它的尸体分食个一干二净。我甚至没有保存下它的羽毛来。终于有一天，一个小伙子驾着一艘快艇来查看我的珊瑚礁是否还存在。

他来得正好，因为孤独之感正使我烦闷欲绝，我犹豫着，改行去航海呢，还是振作精神，重新去采集标本。

我把巨鸟的骨骼卖给一个姓温斯罗的人——英国博物院附近的一个商人，他说他转卖给了老哈浮士，看来哈浮士是个外行，看不出这骨骼要是齐全了该是多么大的一只巨鸟——而巨鸟究竟是怎样的呢？外行人是想象不出来的。"

我说："庞大巨鸟，真好玩，这个名称是我的一个朋友向我提起的。他们曾找到一只巨鸟的骨骼，它的大腿有一码长，他们认为这副骨骼是鸟类骨骼的顶峰了，所以称为最大巨鸟。然后有一个人找到一具大腿骨，长四呎六或者还要多些，他们就称之为大大巨鸟。在哈浮士去世之后，你的庞大巨鸟也发现了，之后，又找出了最庞大巨鸟。"

有伤疤的人说："温斯罗讲给我听的，也像你刚才所说的一样，如果他们再有机会得到巨鸟的话，他断定他们要搞研究，定名称，准会麻烦得让一个科学家的血管破裂的。但是一个人如果一生中有幸碰到巨鸟，也可算是奇闻了，你说是吗？"

（卓祥燕　译）

翼龙复活了

〔英国〕梯姆·斯道特

　　吉米·华德有时纳闷他的母亲究竟喜欢谁：是他父亲呢，还是家里养的猫胖巴多？那只获奖的波斯白猫饮食讲究，饭菜中各种维生素一应俱全，当然需要她全力以赴，倍加宠爱。他父亲白天在银行里上班，晚上多半外出办事，整日价辛辛苦苦地工作，从来不过问家里的事情。不过，有一点是清楚的：对于吉米的父母亲来说，十岁的儿子无足轻重；他们俩都忙得不可开交，没有工夫为他操心。

　　吉米常常感到孤寂。父母亲不让他自己养小动物玩，因为胖巴多看见狗就害怕；那些虎皮鹦鹉又老是叽叽喳喳地叫个没完，招人讨厌；至于喂养热带鱼的事，父母亲更是信不过他，怕他不经常换水而使水发臭。

　　然而，他的富于同情心的自然科学老师卡迪先生使他有了新的嗜好——地质学。只要你不在乎只身独处，这倒是一门饶有兴味的学问。他独个儿爬山涉水，收集到许许多多好玩的石头。在学校组织远足时，他还弄得到别的种类的石头：像石英呀、带条纹的玛瑙呀、罕见的绿色孔雀石呀，他收藏了好些。

　　吉米每月都给住在坦桑尼亚的笔友彼得·卡莫寄去一些新发现的石头。彼得的父亲是采矿工程师，时常有多余的矿物标本。这样，两个年轻的石头收藏家就定期交换起石头来。

一天，吉米打开一只从非洲寄来的邮包一看，发现里面有一块拳头那么大的粗糙的黄水晶。

"我不知道这是什么玩意儿。"彼得在信上写道。

"采石场引爆以后，爸爸拣起了好几块这样的石头，它们是从很深很深的地方开出来的。他认为它们的年龄可能超过一亿年。我寄给你的这一块有点不寻常，因为里面有水。"

吉米把这块奇怪的石头凑近耳朵摇晃起来，果真听到古代的水发出咕咚咕咚的轻微晃荡声。这水的年龄只有星星和海洋才可能比它大。可是它被密封在实心石头里面干什么呢？

他背朝着房门查看着地质学方面的书籍，忽然胖巴多蹑着脚走进屋里，一下子就蹦到他放那使人迷惑不解的礼物的椅子上，吉米没及时听到猫进屋的声音。那块水晶飞了出去，撞在瓷砖砌的壁炉边上打碎了。他气冲冲地抓住要逃脱的白猫，可当他在满地的黄色石头渣儿中间看见一样东西时，他就把猫放走了。

他倒抽了一口气，这简直不能令人相信：在这块一亿年以前的碎水晶里居然有一个白色的小蛋！

小蛋刚离开被石头密封的浸液，蛋壳依然是水淋淋的，由于液体的保护，蛋很新鲜。吉米恐惧地把蛋捡起来。什么样的动物能够在一亿年前下蛋呢？这个蛋在地底下埋藏了这么久是不是还有孵育能力呢？几十个问题像肥皂泡一样接二连三地在这个兴奋的孩子的脑瓜里冒出来。但是，告诉父母亲等于自找麻烦。最保险的办法是对这个惊人的发现严守秘密，并且暗地里将蛋孵化出来。

第二天上学时，他到卡迪先生那里去，假装说他养的一只乌龟开始下蛋了。卡迪先生建议把蛋放在用于细沙子铺垫的保暖地方。

"让我瞧瞧你运气怎么样，"最后他加上一句，"我们就把孵蛋作为课外作业吧。"

吉米把蛋放在盒子里，然后把盒子拿到热水锅炉的后面。他每天用搜索的眼光朝盒子里面瞧，渴望看到小蛋发生变化。偶尔他母亲发现他正把脑袋伸到干燥柜里，就声色俱厉地命令他出来，她怕胖巴多被关在柜子里面。那盒子藏在一条旧的牛仔裤下面。可是时间一星期一星期地过去，什么变化也没有发生。他开始丧失信心，看来没有理由对孵化抱什么希望了。

然而有一天，在他准备吃早饭时，又朝盒子里一看，发现一部分蛋壳从沙子里露出来了，这下可把他乐坏了。放学以后，他一口气跑回家冲到柜子跟前，看见小蛋整个儿地从沙堆里钻了出来，在沙子上颤动着。他取出盒子，拿到自己房间的隐蔽处，出神地注视那正在孵化的蛋。

这是一个奇妙无比、令人迷惑的时刻。他目不转睛地看着，耐心地等待着。终于，那蛋壳裂成两半。一个奇怪的东西破壳而出，应运而生。

吉米高兴得喜笑颜开。这小生灵一点也不像地球上的动物！它长着小青蛙一样的细胳膊细腿，脑袋特大，面容干瘪，嘴巴尖削。这站立不稳的雏儿看上去跟摇摇晃晃的妖怪一般。它不可能是鸟类，那带鳞的皮肤上没有丝毫绒毛或羽毛；另外，它瘦削的身躯的每一侧为什么都长着一张褶翅或襟翼，把后脚和长着爪子的纤细的前肢连了起来？

那新生的怪物从蛋壳里挣脱出来，一跛一颠地朝一只刚停在沙子上的苍蝇跑去。它猛扑过去，明亮的眼睛眨巴了一下，苍蝇飞跑了。接着，它瞥见吉米，赶紧扑哒扑哒地跑进破蛋壳里去，挑衅地伸了伸粗大的嘴巴。

吉米朝着他那一英寸长的史前"怪兽"得意地咧开嘴笑起来，他想让全世界的人都看看它，可是他能相信谁呢？如果这只刚孵化的小动物被父母亲看见，那就会得到仓鼠和蝌蚪的下场，何况关于蛋的来历，他已经给卡迪先生编了假话。最后，他坐下来给彼得·卡莫写信，叙述了事情的详细经过，还叫卡莫不要把这件事讲给任何人听。

周末，吉米买到一只养鹦鹉的大鸟笼，放在家里养"扑哒"。他给它取"扑哒"这个名字是因为在它的手脚之间长着一层奇怪的薄膜。他用苔藓和腐叶土给鸟笼垫底，当"扑哒"显露出想要攀爬的迹象时，他就放进一根分叉的树枝和一段树皮。食物不成问题：他每天往鸟笼里放一小块生肉作引饵，苍蝇是经不起这块小肉的引诱的，它们一旦被引进笼子，只有极少数机灵鬼儿能躲过"扑哒"的突然猛扑。

每当温暖的夏夜到来时，吉米便开始给他那叫人着迷的新客人喂食，因为天黑后风险比较小些，不会受他母亲或胖巴多的惊吓。那猫具有特别的嗅觉，可灵敏呢，它可以觉察出孩子的房间里住着特殊的动物。吉米白天把鸟笼放在收藏石头的旧柜子里，可是等他的父母亲一回家，就把鸟笼移到窗户外面去过夜。他还在笼子的条档中间夹了一只小电筒，用来招引飞蛾。

他在床上观察飞蛾围绕着发光的玻璃狂飞乱舞，而"扑哒"却在电筒下面灯光照不到的地方弓着背伺机袭击。

那末"扑哒"究竟是啥玩意儿呢？学校图书馆里关于史前生命的书籍并无多大帮助，里边的图画尽是些成年的野兽，其中有一些相当于几辆公共汽车那么大。他翻着翻着书不禁惊恐起来：假如"扑哒"长成一头四十英尺高的翼手目动物，那末父母亲可更有话说啦！

这个问题终于找到了答案。有一次，他正在打扫鸟笼，忽然一只长腿飞虫从开着的窗子外面飞了进来。停息在书架上的"扑哒"蓦地跳到书架边缘，展开双臂向空中穿去。

原来，它身躯两侧起皱的薄膜不是别的，而是翅膀！翅膀完全展开以后，就变成两幅风帆状的草绿色薄翼。"扑哒"用薄翼上下拍打着在房间里飞翔，活像一只难看的绿蝴蝶。它在半空中灵巧地抓住跌跌撞撞的长腿飞虫，降落到吉米的床上。它那双细长的双腿长满了短毛，一直连到锯齿状的上下颚。

这一下吉米可真正认识了那多才多艺的天赐小宝贝的真面目，他不再需要查书引证了。

"扑哒"原来是一只幼年的翼手龙。

从现在起，吉米利用一切机会让它展开双翅。那翅膀确实不同寻常，书中写道："翼手是指翅膀和手指连成一体。"可不是，连在"扑哒"大大伸长了的小手指上的飞行膜也跟书中插图上画的一模一样。随着时间的推移，那对翅膀越长越厚实。吉米时常看到"扑哒"仿佛身披斗篷，用翅膀把大飞蛾裹在斗篷里不让它挣脱。它睡起觉来跟蝙蝠一样，总是头朝下脚朝上倒悬在枝杈上，翅膀紧紧裹住全身，尖削的脑袋缩在里面。

"扑哒"已经习惯于任人摆弄了。它可以从吉米的手指上把一片生肉叼走，然后心满意足地栖息在他的手腕上囫囵吞下那片肉。吉米对这一发现非常得意，每次喂食完毕，总要摸摸"扑哒"的头，而小翼龙就像柔情的小猫一样弓起它的长脖子。

发生事故的那一天，"扑哒"差不多有鸲鹆那么大了。当时，它在吉米的房间飞来飞去，突然它破天荒地在梳妆台的镜子里看到自己的模样，兴奋得喊喊喳喳地叫个不停，一股脑儿地朝另一头翼手龙飞去。吉米来不及把它挡住，结果它"啪"的一声撞击在那坚硬的玻璃上。

撞昏的"扑哒"刚落在他的脚旁，他脚上的鞋倒霉地踩了小翼龙的后腿，他感觉到它纤细的骨头咯吱一下折断了。

那天晚上，他好几小时没有睡着，他责备自己笨手笨脚，绞尽脑汁地想法帮助受伤的小宝贝。第二天一早，他就去找卡迪先生。

老师打开盒子，迷惑不解地注视着瘸腿的翼手龙。

"这是什么呀？你拿假动物来跟我开玩笑吧，小家伙？"

他试图把"扑哒"从苔藓铺的鸟笼底上抬起来，可是他的手指立即被咬了一口，他用手绢擦着手指上殷红的血滴。

"我的老天爷！"入了迷的老师喃喃地说。

"你究竟从哪里弄来的，吉米？"

"请你留神，先生。它的腿折了。"

"折了？这应该是化石才对。难道你不懂得这种爬虫在侏罗纪就绝迹了吗？这决不能使人相信！"

卡迪先生仔细地听完吉米讲的情况，用一根火柴棍当作夹板把"扑哒"那条耷拉着的腿包扎起来。

"它还不大，腿骨应该能愈接的，"老师肯定地对忧虑的学生说。

"要紧的是眼下你打算怎么办？吉米，它是科学上的奇迹，各种各样的人都会争先恐后地来看一头真正的活蹦乱跳的史前动物的。"

"您说什么人？"

"专家们。动物学家——像你这样的动物爱好者。"

"可是他们不会把它弄走的吧，先生？"

卡迪先生停顿了一下。"不，吉米，我希望不会——即使他们把它弄走，也只可能是为了使它的腿能愈接好。"

"要是人们陆陆续续地来看它，爸爸妈妈会发觉的，他们会让我把它给扔了。"

老师拍了拍他的肩头。

"我去找他们谈谈。别担忧——他们会听我的。"

晚上，卡迪先生来了。他在吉米身边坐下，迟疑地把"扑哒"的笼子放在面前。"老天爷，多脏的小畜牲呀！"他的父亲嚷道。他母亲害怕地瞅了瞅，就抱起胖巴多匆匆走出房间煮咖啡去了。然而，卡迪先生却沉住气。不久他们就向他提问题了。

"假如这种动物像您所说的，在很久以前就绝迹了，那么这一只今天怎么会活着的？"他的父亲问道。

"我猜想，它的蛋外面包着一层泥土或淤泥，后来这些泥土或淤泥逐渐变成坚硬的石头了。"

"难道蛋本身不会也变成化石吗?"

卡迪先生耸了耸肩膀。

"我不知道,华德先生,也许渗进石头里的水起了保护作用。您最好等古生物学家们来了以后问问他们。"

"古生物学家?"

"也就是研究绝迹生命形式的人。吉米这一神奇的发现一旦公诸于世,恐怕前来参观的人就会使你们应接不暇。"

他朝着这个活生生的古生纪绿色幸存者点了点头,那爬虫正栖息在枝杈上借着炉火取暖。

"您知道,那小玩意儿理应属于几百万年以前已经消失的世界——而眼下却投奔到您的门下。对于您来说,它可能是无足轻重的,可是对于科学家,一只活生生的翼手龙却是……嗯,无价之宝。"

卡迪先生一走,吉米就发现父亲比他记忆中的任何时候都要对他好。

华德先生走到他的房间门口,郑重其事地说:"詹姆士,这事我刚才考虑了一下,你跟我提到的那只虎皮鹦鹉——或许我当时性子急了一点。你现在还要吗?"

"谢谢,爸爸。现在我可不要了。我宁愿要'扑哒',而不要鹦鹉。要是真像卡迪先生说的那样,科学家们从世界各地赶来,那可有多棒啊!"

"当然……嗯,也许送你一辆自行车。以后再说吧。"他转身要走。

"留神把那玩意儿保养得好好的。"

幸运的是,"扑哒"的腿伤并不影响胃口。贪食的小翼手龙一会儿工夫就把一碗麦虫吃得精光,它蠕动着绿色的长脖子,把麦虫一条条地咽下肚去。然后它爬上吉米的手掌,用爪子刮干净嘴。对于"扑哒"的信赖和亲昵,孩子感到无比高兴。鹦鹉和自行车都可以等以后再要;眼前他最需要的是科学家们来瞧瞧他和"扑哒"相处得多么融洽。

周末,科学家们来了。博物馆的安特鲁巴斯·斯凯奇博士身材矮胖、头发纤细，面孔长得像一只老鹦鹉。动物园派来的女士老撅着嘴巴，蓝眼睛里露出冷冰冰的神情，她等吉米的母亲拿来黄糖以后才喝咖啡。人们都叫她潘妮洛普·考洛普斯小姐。

吉米从楼上卧室里拿来了鸟笼，放在他们的椅子中间。

他们以敬重的目光注视着翼手龙，一句话也没说。考洛普斯小姐轻轻赞叹了一声，就在一个小本子上记点什么。

吉米想设法说明"扑哒"多么喜欢自己，但是他们似乎对此不感兴趣，相反，斯凯奇博士轻咳了几声，对他父亲说起话来。

"华德先生，我说什么好呢？真没想到我会活着看到有血有肉的翼手目动物！先生，博物馆愿意出大价钱购买这个古生物珍品的专利权。"

考洛普斯小姐用鼻子哼了一声，打破了沉默。

"斯凯奇博士显然想迫不及待地独占它。我当然不会拆他的台——不过，那要等动物园完成翼手龙的研究以后才行。"

"我是否可以提醒您，翼手目动物作为一种绝迹动物显然属于爬虫化石部的研究范畴！"斯凯奇博士尖刻地反驳道。

"我们都知道翼手目动物是史前动物，斯凯奇博士，"考洛普斯小姐和蔼地回答，"正因为如此，我们大家对于这一只动物还活着而不只是一堆又干又老的骨头感到无比高兴。"

"请别吵啦！"华德先生笑着打断了争吵。

"如果我们现在是讨论所有权，那么大家别激动，我希望诸位了解，我的愿望是对科学界有所帮助。我才不愿意让我们的国家失去这头绝无仅有的动物呢。"

他停顿了一下，用手指捋了捋胡须。

"不过——如果这个新闻不管什么原因传到了美国，而据我所知，那里的一些研究所资金是很雄厚的——"

专家们吃了一惊，异口同声地说：

"我受权出……"

"我们当然可以出……"

华德先生打断了他们的喊价。

"詹姆士，我们有事情要商量。把'扑哒'拿到你的'房间去。"

吉米照他父亲的吩咐做了，可是他又溜回来偷听。他偷听到的话使他惊恐万分。

考洛普斯小姐在说话。"……抽血样、人工冬眠，可能还要进行心电的脑电监测。总之，各种各样的试验，物理的、化学的……"

"先将内脏放进瓶子里保存，然后进行细致的骨科检查，"斯凯奇博士冷淡地说，"还可以画出和它活着的时候一样的骨骼……妙极了……"

吉米悲哀地蹑手蹑脚地走开了。他们毕竟是要把"扑哒"弄走的。他父亲打算把他的小宝贝卖给那些心毒手狠的家伙，他们要想打着科学的幌子折磨和宰割它。

那天晚上，他的眼睛里充满了热泪，他凭经验知道他父亲从来不改变主意。但是，当他朝鸟笼里张望，看见"扑哒"倒挂着身子在睡觉，那根火柴棍像瘸子的拐杖一样夹着它的腿时，他暗暗发誓决不让它落到专家们的手里。

第二天，他告诉卡迪先生发生的一切。

"他们根本不是什么喜欢动物的人，他们是为了图名、图利想要伤害'扑哒'，谁给钱多，爸爸就把它卖给谁。"

卡迪躲过吉米谴责的眼光。

"我想他们做的事情可能对科学有好处。"卡迪说，可就是在他说这些话的时候显得理不直，气不壮。

吉米回到家里的时候鸟笼不见了。难道专家们已经来过了吗？他拔腿就往楼下跑。

"妈妈！爸爸！'扑哒'哪儿去了？"

他的父母亲在客厅里拦住了他。他母亲正在给鸟笼照相，他父亲正在戴防护用的手套。

"詹姆士，到底怎么回事呀？"他母亲怒气冲冲地说。

"在屋子里横冲直撞的，简直是疯了……"

"我找不到'扑哒'。"

"那可怜的宝贝和我们在一起挺保险，"父亲说。

"我们在为报纸照一张相。你要是听话，我们就给你多洗一张，另外我还答应送你一辆自行车呢！"

"我可不要自行车！我只要他们不把'扑哒'弄走。"

"别孩子气啦，詹姆士，博物馆刚来电话，一开始就出大价钱！"

"他们这就可以把'扑哒'拿走，把它给杀了！"

吉米挣脱掉他的父母亲，一把抓住鸟笼，朝门口跑去。这时，胖巴多被嚷嚷声吵醒了，它蓦然从睡觉的篮子里跳落到吉米的脚下。吉米一个踉跄，摔倒在地，鸟笼打开了。

"'扑哒'！"他喊道。

"快把那宝贝从胖巴多那里赶开！"他的母亲尖声叫着。

"真见鬼！"华德先生大声说，"别让那该死的猫给逮住了！"

胖巴多伸出脚爪，险些儿把"扑哒"逮住。"扑哒"唰地飞到沙发靠背上，活像一只上发条的绿色玩具。

"扑哒"从沙发靠背上飞了起来，它的翅膀不停地拍打着，但是那受惊担险的小翼手龙很快就经不住脚上夹板的重量了，它转过圈想在沙发靠垫上降落下来，突然胖巴多朝它跳过去，它们在半空中相撞。当他的父亲全身扑到咕噜乱叫的猫身上时，吉米将"扑哒"抓在半握的拳头里，再抄起鸟笼，拔腿就离开了房间。

时间已经过了午夜，快快不乐的孩子还没有睡着。

次日下午，他放学回家时，专家们又来了。但是这一回却没有咖啡招待，人们怒目而视，他的父亲大发雷霆，浑身颤抖。

"它在什么地方？它在什么地方？"他嚷嚷着。

"什么？"

"那动物——你那该死的'扑哒'！"

"在笼子里。"

"没有啦！"

吉米拿来了空鸟笼。他母亲敏锐的眼睛发现鸟笼的门里有几根细长的白毛。

"胖巴多！"

父亲坚硬的手在吉米的脸颊上拧了一把。

"你这小笨蛋，是你把猫放进去的！"

"别打我呀！我求求您啦，爸爸！"

"就是因为你懒得把笼子门扣紧，八万五千英镑就没了。"

他父亲又打了他一下；正要举起手打第三下时，斯凯奇博士碰了碰他的胳膊。

"等一等，华德先生。"

华德生气地转过头来。

"什么事？"

"即使你们家的猫不幸吃掉了那动物，博物馆也许倒还用得着，它的骨骼也许还能复原。嗯……对不起，不过得马上剖腹……"

他抱歉地拉长了嗓音说。

"当然可以！"

华德放掉了儿子。

"只要你还肯照付原价，拐角的地方就有兽医。"

"伯纳德，那不行！"华德太太嚷道。

"那不行，假如你们想要——啊，伯纳德，不能动一动胖巴多！"

"玛格丽特,这是关系到八万五千英镑的大事啊;那不过是一只猫罢了。就这么着吧!"

过一会儿,全屋子的人都走了,只有吉米一个人在家。他慢吞吞地走进自己的房间,打开柜子,拿出藏在旧衣服下面的木盒。

"扑哒"伸长脖子呱呱地叫了几声表示欢迎,吉米摸了摸它的头,翼手龙得意地闭上眼睛。

他用棉花和干苔藓衬垫木盒,然后从浴室的壁柜里拿出一包安眠药。他研碎了两个药片,把白色的药粉掺进用新鲜肝做的饲料里。

"扑哒"贪婪地吞食了鲜肝。几分钟以后,它的眼睛模糊起来,然后闭上了。它倒在一边睡着了。

吉米凝视着小翼龙的瘫软的躯体。

"再见了'扑哒',"他喃喃自语。

他用绳子把盒子捆扎好,留了几个通风的缝隙,即使寄航空邮包,也得好几天才到达坦桑尼亚。他希望两片安眠药足够了。

"寄什么,又是石头?"邮局的老太太把邮包放进邮袋时笑着问道。

寄完邮包以后,吉米长时间地在山上散步,到太阳下山时才往家走。

一个月以后,非洲来信了。

彼得·卡莫写了一个鼓舞人心的长篇报告,把吉米的怀疑和顾虑一扫而光;看来一切进行得非常顺利。

最使他高兴的是彼得放进信封里的那张彩色透明照片。

那长长的木头布告牌上写着:"尼奥赛里野生动物园——野生动物的乐园。"

在布告牌上栖息着世界上最后一只翼手龙"扑哒",它正在使劲地吞食哽在嘴里的一只特大的赤黄色甲壳虫。

(朱荣键　译)

猿猴世界

〔法国〕皮埃尔·布勒

引　子

　　吉恩和菲丽丝是两个黑猩猩，他们在宇宙中度着美妙的假期。那是一个星际旅行已司空见惯的时代。他们乘坐的是一艘球形飞船，在光辐射压力的推动下游弋太空。

　　吉恩和菲丽丝所在的恒星系有3个太阳。一天，吉恩和菲丽丝躺在飞船中间，任凭3个太阳的光线照在身上。吉恩闭着眼睛，菲丽丝注视着浩渺无际的宇宙。就在这时，他们发现了那只在空中深浮的瓶子。菲丽丝用一把长柄捞勺将瓶子打捞上来。里面是一卷薄纸，而且每张纸都密密麻麻地写满了地球文。吉恩曾在这颗行星上研习过地球文，对这种文字很熟悉。他缩小了球形飞船的体积，使它在空中无力地浮动，然后便躺下来开始念这手稿。

第一部　颠倒的世界飞向参宿四

　　……我把这部文稿托付给宇宙，并非为了求救，而是因为这也许有助于人类避免一场可怕的灾祸……

我——尤利斯·梅鲁正带着全家乘宇宙飞船在太空中飘荡，希望有朝一日找到一个能收容我们的行星。在这里，我要原原本本地讲述自己的遭遇。

公元2500年，我和两位同伴一起乘坐宇宙飞船，准备飞往以超级巨星参宿四为中心的宇宙区域。参宿四是颗动人心弦的星，它的直径是太阳的300—400倍。选择这么远的星球是安泰勒教授执意这样做的。他向我解释说其实飞往距我们300光年的参宿四和飞往距我们只有4光年的半人马座用的时间差不多。他研制的性能完善的火箭可以使我们的飞船以难以想象的最大速度飞行，而要达到这种时间几乎停滞了的高速；需要用一年时间进行加速，才能让人体器官适应；减速又要用一年。而在这两个阶段之间，只用几个小时就把大部分旅程走完了。他说："这下，你也就明白为什么到参宿四和到半人马座去的时间几乎差不多了。到半人马座去，加速和减速同样要这样长的时间，只不过中间飞行的时间是几分钟罢了，所以总计起来，差别并不大。我越来越老了，将来不会再有横渡宇宙的机会了，不如马上瞄准一个远的目标。"我们就这样在飞船上谈着，消磨时光，按我们的时间计算已经飞行了两年左右，而地球上已经过了350年。飞行没有遇到什么大的麻烦。我们从月球出发，太阳最后变成了一个小小的光点，于是我们的生活中失去了太阳，但飞船上装有相当于日光的光源。我们也不感到厌倦，教授的谈话饶有趣味，这两年中我学到的东西超过了以前所学的全部知识。我还掌握了驾驶飞船必需的全部技术。飞船上用以做试验的花园给我们增添了很多快乐。里面种了各种蔬菜、花草，还有鸟和蝴蝶，甚至还有一头小黑猩猩，名叫埃克多。飞船大得可以容纳好几家人，但却只有3个人：安泰勒教授；他的学生阿尔图尔·勒万——一个有前途的年轻物理学家；我——尤利斯·梅鲁，一个在一次采访中偶然与教授相识的不出名的单身记者。

在漫长的飞行后，我们终于接近了参宿四星。它已由繁星中的一个小亮点变得像太阳那样大了。飞行的速度已经很低，教授向机器人发出了几条命令，我们便进入了这颗巨星的重力轨道。我们发现了4颗行星，其中第二颗的运行轨道离我们不远，大小与地球相仿，有一个含有氧和氦的大气层，根据计算，辐射到这颗行星上的光线也与地球相近。我们决定选这颗行星为第一个目标。通过望远镜，我们看见那里有海洋和陆地。飞船不适合登陆，我们就把它留在行星的重力轨道上，改乘我们称之为小艇的火箭装置，还带上了埃克多。这颗行星和地球相像得出奇。大气是透明的，海洋是淡蓝色的，而最根本的相像是这颗行星上有居民。我们飞过了一个相当大的城市，那里面有林荫道、往来的车辆和建筑。但我们却在离那儿很远的一个高原空地上降落了。

地球的孪生姐妹

我们顺利地降落到了这颗行星的草地上。安泰勒教授仔细分析了大气，结果证明与地球上的完全相同，适于人的呼吸。我们无疑是到了地球的孪生姐妹星上了。这里植物生长得十分茂密，还有许多与地球上相似的动物。我们给这颗星起名叫梭罗尔。埃克多早已兴奋地跑进了树林，没了踪影。为尽快认识这颗新星，我们顺着一条天然小径走进树林。这时我们发现了一条经由一方平坦的岩石而注入下边小湖的美丽瀑布。湖水对我和勒万产生了极大的诱惑，我俩不约而同地脱下衣服，准备把脑袋扎到水里。教授却制止了我们，而去简单验证了一下那确实是水。就在他证实确实是水而再一次弯腰把手伸进水里时，他发现了沙地上清晰地印着一串人的脚印。

梭罗尔星上的人

那脚印纤细、优雅，使我和勒万都认为是女人的脚印。在察看湖边沙地时，我们又发现了其他几个地方的脚印。有一块于沙上的脚印还是湿的呢！这说明不久前她还在这里洗澡，也许是我们的声音惊跑了她。看来这湖水是不会有什么危险了，于是我们都扑进了水里，痛快地洗起澡来。

就在这时，我发现了瀑布的岩石台上立着的那个美丽绝伦的裸体女人。她高大、丰满而苗条，有一张纯洁的脸，可她的眼中却是充满了怪异的空虚和漠然。她听到勒万的说话声时，吓得朝后一退，动作机敏得像一头准备逃跑的野兽。她躲到岩石后窥视着我们。我们不敢再出声，而是装出一副对她不感兴趣的样子，在水里玩游戏。她走回平台很有兴趣地看我们的游戏，想参加又不敢。突然间我们听到了她的声音——似一种野兽的怪声。我们都惊呆了，但却不动声色。她爬下岩石，下水朝我们游来，参加了我们追逐的游戏。她显然很高兴，但却始终很严肃，原来她不会笑。当我故意投给她一个温柔的微笑时，她却做出了自卫的样子并继而向岸边逃去。出水后，她犹豫了一下，正当她可能重新恢复信任的时候，小黑猩猩埃克多欢蹦乱跳地向我们跑来。姑娘的脸上立刻现出了野兽样的表情，混杂着恐怖和威胁。就在小黑猩猩经过她身边的一刹那，姑娘一把钳住了它的喉咙，并掐死了它。随后尖叫一声，逃进了树林。

我们回到小艇旁，达成协议，准备再待24小时，设法和这陌生的森林居民再接触一下。

白天平静地过去了，晚上周围树林里发出索索的声响。我们轮流放哨，安全地过了一夜。我们决定再回到瀑布那里去。

到了湖边，脱掉衣服，我们又像昨天一样若无其事地玩起来。果然不出所料，过了一会儿，姑娘又无声无息地站在了平台上，她的身边还多了一个像她父亲一样的男人。渐渐地，人越来越多。他们个个结实、漂亮。我们被包围了，最后在诺娃（即"新星"，我这样称呼她）的带头下，他们都游过来参加了游戏。我们对自己这种傻孩子一样的游戏再也憋不住了，于是爆发了一场大笑。结果这些人被吓得四处逃窜，聚到岸上对我们愤怒地喊叫。我们匆匆穿上衣服，用卡宾枪吓走了逼上来的他们。

可就在赶回小艇的路上我们遭到了他们的突然袭击。他们冲上来撕碎了我们的衣服，抢走了武器、弹药和提包，扔到远处。还有一些人攀上小艇，将所有的东西都砸烂，撕碎。看来他们仇恨的只是我们的衣服和物品。我们被推搡拥挤着走向密林深处。诺娃紧紧地跟随着我们。几个小时后，到达了目的地，我们已筋疲力尽。小艇已被毁，逃跑也无益，所以我们觉得上策是留在这里，稳住他们。

我们都已饥肠辘辘了，可那些梭罗尔人却仍在继续着那种荒诞可笑的游戏。这里好像是个营地，他们住的是用树枝搭起的极其简陋的巢穴。我们终于看见一家人在吃饭，就像野兽一样吞吃生肉，并不许我们靠前。这时诺娃爬上了一棵树，弄掉许多香蕉似的果子。她拾起几只吃起来，我们也照着样子吃了起来。为了过夜，我们也学着他们那样搭个窝，诺娃还帮我折了一根很韧的树枝，使我很感动。我躺下后很久，诺娃才由犹豫到迟疑地一步步朝我挪近，最后在我的面前蜷曲着睡了下来。

一觉醒来，天已渐亮。她也醒了，看到我，眼里闪出了恐惧。见我没动，脸色才慢慢温和下来，终于第一次承受住了我的目光而没有躲闪。我又试着使她经受住了我的微笑甚至经受住我的一只手搭在她的肩膀上。我为这一成功而陶醉。当我发现她在竭力模仿我的时候，我就更加飘飘然了。她试着微笑，扮出的都是一副痛苦的怪相。我为此对她充满怜爱和感动。我终于学着他们的那种方式——用舌头舔对方的脸，同她互相亲热起来。

恐怖的围猎

天开始大亮的时候，树林里传来了一阵刺耳的喧嚣。森林居民们开始离开了巢穴，惊慌地四处奔逃。显然，他们知道即将来临的是一场可怕的灾难。几个年长者镇定下来带领着森林居民朝喧嚣声相反的方向逃命。

诺娃也跟着跑了几步，又停下来向我们如怨如诉地呻吟，想来是叫我们一块逃。随后她就跑得无影无踪了。我来不及跟同伴们商量就跟着她跑去。跑了几百米后，没追上诺娃，却见勒万一个人跟在身后，想必教授由于年纪大已落在了后边。

这时前方又突然传来了枪声。我们跑到枪声响起的地方，隐蔽下来。在离我们30多步远的地方我竟发现了一只穿得衣冠楚楚、手里抓着一支长枪的大猩猩正在朝这里张望。我惊得差点叫出声来。它就待在这里等着射击那些四处乱跑的活靶子。果然，它射中了一个，于是脸上露出胜利后的得意和快活。这头野兽的眸子里，闪烁着一种心灵之光，而这正是我在梭罗尔人的眼中所找不到的。

我们后面围猎的猩猩也上来了，勒万由于恐惧已完全丧失了理智，昏头昏脑地站起来往路上跑，结果被击毙在地。我则乘隙穿过小路拼命跑到对面的林子里，可是跑了不到100米，就撞上了一张大网，和其他许多森林居民一样被牢牢地网在了这里。

囚笼中的印象

现在，我对这个星球上的反常现象已习以为常了。大猩猩们一副贵族气派，用一种发音清晰的语言高兴地打着招呼，不时地露出只有人才有的表情，而这些正是我在诺娃的脸上所看不到的。

最后，我们从网里被一个个揪出来丢进囚笼车。一刻钟以后，我们被载到了一所石头房子前面的空地上。这是一个打猎的聚会地点，母猴们在这里等着它们的老爷。尸体被一具具抬下来排列好，然后这些大猩猩们以及母猴们就在尸体跟前分别摄影留念。之后猩猩们就去吃饭，也给我们送来了些食物。它们已不像打猎时那样可怕了，这种生物还具有怜悯心。饭后，我被重新编笼，放进了一个都是漂亮男人和女人的笼子。在新囚友中我惊喜地见到了诺娃。我们开始重新上路了。

这时我还在竭力拼凑出一种设想，即这些有理性和语言的猴子是城市里的文明人经过几代的努力培养出来的，是用它们做一些粗重的活儿，比如刚才的这场围猎。可是那些被猴子们打死和捕获的人又是什么呢？就在这时，诺娃又爬到了我的身边躺下，我也一觉睡到了天亮。车走得慢一点了，我意识到是往一个城市里走。从搭在囚车栅栏上的篷布的下面，我第一次观看梭罗尔星上的文明城市。我惶惶不安地注视着街道上过往的"行人"，原来他们都是猴子。食品杂货商、司机都是猴子。想要看见文明人的希望变成了泡影。

囚车来到一座院子里，院子周围是一些高楼。我被用口袋装着送进一个大厅，被关进一个单人笼子里，里面有一张稻草铺。大厅里摞着不少这样的笼子，排成两排，门都对着一个长过道。这里大部分笼子都已关进了人，有些像我一样是刚刚被关进来的。诺娃被关在了我对面的笼子。车大概都卸完了，两只大猩猩推着车开始分食物。为了引起它们的注意，我向给我送食物的一只大猩猩鞠了一躬，笑了笑，又对它说我是一个从地球来的人，使得那只猩猩惊叫起来。可随后他俩嘀咕了几句，对我望了一眼又哈哈大笑起来。我很失望，但毕竟我还是引起了它们的注意。

黑猩猩姬拉

这一夜，我翻来覆去地思忖着如何和猴子们接近。我希望会有更有教养的猴子能理解我。第二天早晨，我就看到了希望。两个看守拥着一个新"人物"走了进来，那是一个年轻的雌黑猩猩。它径直朝我走来。我一边向它鞠躬，一边向它问好，然后又发表了一通演说。雌猩猩已经惊呆了，可直觉告诉我它已猜到了部分真相。它在本上记了几行字，又朝我笑了笑。我受到鼓舞又向它伸出了胳膊……我激动得喘不过气来，以为它已认识了我的高贵本质并能放了我，哪知它给我的竟然是一块糖。尽管我失望，但我还是有了希望，感到今后和它是能说得上话的。我听看守叫它"姬拉"。

条件反射实验

到了第三天，开始对我们进行一连串的测验。第一项测验是先吹哨，然后出示我和野人都爱吃的那种香蕉，以便让你流口水。我由于开头没有明白它们的用意而没有流口水，这使那个看守很失望。而给诺娃测验时，她则一见到香蕉就像狗一样地流口水。我这才明白他们是在做条件反射试验。

第二天，他们又做电击的条件反射试验。当他们给我做时，我在刚一听见铃声时，就猛然放开铁栏杆，以免他们给铁栏杆通电过着我。我想让它们看看本能和意识的天壤之别。

这时，姬拉和另外两只猩猩走了进来。其中一个看上去像是个很有权威的"人物"，这是一头比大猩猩要矮的猩猩。还带着一个小雌黑猩猩秘书。它显然是姬拉的上司。它们直奔我而来。我向它问好使它吓了一跳。姬拉给它讲了有关我的情况，可老猩猩显然没被说服。这时它的一个下属在向同伴打手势嘲笑它，看来对它的尊敬并不那么实在。我也想嘲笑它一下，于是学着它的那种怪样，反背着手来回踱步，引起了大猩猩们的哄堂大笑。它十分气恼，这时我又叫出了它的名字"米·扎伊尤斯"和"姬拉"的名字（这是从其他的猩猩嘴里学会的），使它们又激动起来。

平静下来之后，它叫猩猩再对我进行那两个试验，我轻而易举地就对付过去了。第二种试验足足让我做了10来次，后来我灵机一动，一下子从铁栏杆上拔掉了接电线的夹子。凡是有理性的人都会从中看到智慧，实际上姬拉十分惊喜，但这却丝毫不能使这老猩猩信服。它们又把两种反射试验混合在一起做，我也应付自如。姬拉又和它激烈地争论起来，但我看得出什么都不能改变它那愚蠢的怀疑态度。

第二天，我们又接受了接二连三的试验。第一个是登物取食测试，只有我成功了，其他的人包括模仿力较强的诺娃在内都没有成功。在其他试验中，我同样表现得很突出。我还记住了猩猩语中的几个单词。

就在这时，扎伊尤斯又来了，还带了一个与它同级别的同事。当着它们的面我顺利地通过了全部测验，最后，打开9道机关盒子的试验，我也没有丢脸。我还指着各种东西，说了几句刚刚学会的猩猩语。可是猩猩们还是那样怀疑地笑着。扎伊尤斯向姬拉传达了新的指示。我们被成双成对地关在一起。也许它们想进入选种试验？我虽感到耻辱，发誓不接受这样的试验。但由于分配给我的伴侣是诺娃，羞辱感立即消失了不少。男人在接近女人之前是以一种奇怪的舞蹈献殷勤的，它们强迫我也这样跳舞。最后扎伊尤斯终于用"卑鄙"的手段迫使我跳起了这种舞。

人类的命运几何学的作用

现在，我已习惯了这种囚笼生活，甚至不再费力地去和姬拉交谈。我在测试中很出色，它们待我很好，在诺娃的面前我也总是神气活现。但有一天，我终于厌倦了。我为自己的软弱而脸红。我再一次下决心要像一个文明人那样行动起来。我趁一次伸手向姬拉表示谢意时，抢过了它手里的本子和笔，给它画了一张诺娃的肖像。它看了很激动。我又画了一张勾股定理的几何图形，这一次使得它惊呼起来。闻声赶来的两个看守被它支走后，它又重新把本子和笔递给我，现在，是它渴望和我接触了。我又继续画一些几何图形，它也画了一个。我激动得流出了眼泪，我们第一次产生了精神上的共鸣。后来，我就是用这种方法画出了它所在的星系，也使它明白了我是乘坐飞船来自太阳系的地球的。但它不让我向扎伊尤斯泄露这个秘密。

梭罗尔猿猴的种类

从这一天起我开始得到姬拉的帮助，它每天都找借口教我学猩猩语，同时向我学法语。不到两个月，我俩已能够进行内容广泛的交谈。从它的嘴里我得知了梭罗尔星的猩猩分为三支：黑猩猩、大猩猩和猩猩。几乎所有重大的发现都属于黑猩猩；一部分大猩猩是统治者，喜欢指挥和领导别人，喜欢打猎，另一部分穷的则被人家雇佣，卖苦力；猩猩则是搞官方科学的，它们只善于向书本学习，其实很愚蠢。我问及猩猩和人的进化问题，她向我做了解释，并答应要带我去见她的未婚夫高尔内留斯，它在这方面更有见解。

黑猩猩高尔内留斯

在我的多次恳求下，姬拉终于答应让我走出生物高等研究所（就是我所在大楼的名称），带我去城里转转。不过为了不引起路上对猩猩的非议，我不能穿衣服，而且要用链子牵着。

姬拉带我走进一座公园，这里很清静，她说正好可以跟我好好谈谈。姬拉说我们被破坏的火箭小艇已经被发现了。有些学者已提出一种设想，认为它来自另一个有生命的星球，只是它们不会想到这种有智慧的生物具有人的形体。我急得喊了起来："那么，为什么不把真相告诉它们呢？"姬拉说："像扎伊尤斯那样的官方学者你已经看到了，而几乎所有的猩猩都是这样的，一是当它已断定你的天才不过是一种发达的动物本能时，就什么也改变不了它的看法。一旦公开你的面目，它一定会谴责我背叛科学而辞掉我。这倒没什么，重要的是你将被送到脑神经科成为研究的牺牲品。"我说："这么说来，我注定要被囚禁一辈子啦？"姬拉说一个月以后，这里要举行生物学家年会，各大报都将派猩猩参加，到时要我在大会上自己公开自己的身份以说服众人和记者。因为在这个星球上，公众舆论的力量比扎伊尤斯、比所有的猩猩，甚至大猩猩的力量都大得多。

它的未婚夫也在科学院工作，答应帮我，不过要先见见我，亲自证实一下。原来姬拉已约好未婚夫到这里见面。这是一头体态优美的黑猩猩，一个年轻的院士。它亲自盘问了我很多问题，我们谈论得很热烈。它对地球有文明发达的人这一点特别感兴趣，并认为我们披露的一切对科学、对它所正在研究的课题是非常重要的资料。

梭罗尔文明

姬拉偷偷给我拿来了一支手电筒和几本书，于是我每夜都花好几个小时研究猩猩的文明。猩猩不以国家划分。整个行星受部长会议领导，部长会议由大猩猩、猩猩和黑猩猩三巨头主持。此外，还有一个国会。

很早以来，大猩猩就推行强权统治，一直保留着对权力的爱好，形成了最强有力的阶层。它们都很无知，但却本能地懂得如何利用知识，擅长发布一般性的指示。那些不占统治地位的大猩猩，通常干些粗活，要不然就当猎手，这个职业几乎让它们包了。猩猩数量最少，用姬拉的话说它们代表官方科学，但大都迂腐、缺乏创新精神。黑猩猩则似乎代表着这个星球真正的知识分子，不仅大多重大发明是它们的功绩，大部分有意义的书也是它们著的。可惜的是，编写教科书的都是猩猩。

这里全球统一，没有战争，只有一个警察局。它们有电，有工业，有汽车、飞机，但在征服空间方面仅仅处于人造卫星阶段。尽管梭罗尔可能比地球还古老，但很明显无论宏观还是微观科学都落在我们的后面。它们似乎曾经历过一个漫长的停滞时期。至今猩猩文明发展的秘密还没有被解释清楚。也许正是这种痛苦激起了它们对生物学的狂热研究？

姬拉经常领我到公园散步，有时遇到高尔内留斯，就在一起准备大会上的讲演稿。一天姬拉建议到公园旁边的动物园去。在动物园人区的笼子里，我意外地发现了被卖到动物园里的安泰勒教授。他正在向一个小猴乞讨水果，这个人的身上已没有任何安泰勒教授的痕迹了。我的眼里流出了热泪，可姬拉却阻止了我上去相认，只能等开完大会承认了我是理智生物之后再来想办法了。

人对猿猴的演说

盼望的日子终于到来了。会议的第三天，我和另外几个大概也是具有某些特点的人被送到了会场。我们先是在会堂旁边的一个带囚笼的大厅里等候。其他几个送到会场的人，一经展示完毕便被立即带回。最后，终于轮到我上场了。

我站在一个巨大的圆形剧场的台上，周围是超出了我的想象的大群猩猩。在扎伊尤斯准备用各种仪器测试我之前，得到会议主席的允许后，我巧妙地开始了我的演说。我不仅告诉它们我是个有思维的生物，而且还来自一个遥远的星球——地球。我还走到黑板前，画了几幅简图，尽我所知，解说着太阳系。我告诉它们在地球上是人掌握着智慧和理智，至于那里的猩猩，则一直没有开化。总之，那里是人创造了文明。说到这里，我列举了地球上最突出的一些成就。随后，话题又转到我自己的经历上来。我讲了自己是怎样来到了参宿四星和梭罗尔，如何被俘，进了牢笼，又怎样试图与扎伊尤斯接触却失败了。最后，我讲到了姬拉敏锐的洞察力及它和高尔内留斯给我的宝贵帮助。末了，我还说，现在是否应该把我继续当作一匹野兽来对待将由它们来决定。说完这些话，我已经精疲力竭了。当我听到会议厅里又掀起了一阵如潮水般的欢呼声后，我便晕倒了。

醒来后，我发现自己已经躺在一个大房间的床上。姬拉和高尔内留斯告诉我已经胜利了，我被允许恢复了自由！高尔内留斯还告诉我从此我就可以住在这间研究所专门给高级研究员准备的舒适房间里。这儿离它那儿很近。

新的生活开始了。一头有名的黑猩猩裁缝还在两小时内就为我做出了一套不错的衣服。接待完记者后，又准备应邀去参加高尔内留斯和几个朋友为我开的庆祝聚会，就在这时看守扎南来报告说诺娃因我这么长时间没有回笼子而大吵大闹，其他的人受了传染也都骚动起来。于是我和姬拉就赶回囚笼厅。诺娃和别的人一样看见了我就平静下来了，可她还是不可能理解我的思想，我带着沉重的心情离开了她。

在聚会中我喝了很多酒，脑子里对周围都是猩猩的概念越来越淡漠，我只看见它们在社会中的作用和职务。夜已很深了，我喝得半醉。就在这时，我猛地想起了安泰勒教授，心里一阵内疚。于是我们连夜赶到公园，高尔内留斯认识公园的主任，它答应天亮后即可办手续放出教授。现在，它先带我们去看看教授，可是教授的举止已和那些梭罗尔人一模一样，他根本不认识我了。即使我和他单独在一起，劝说他可以恢复正常了，可是他仍然毫无反应，只是恐惧、哆嗦，最后还发出了一声长长的嗥叫。

考　古

现在高尔内留斯是这个研究所科学研究方面的主人了，扎伊尤斯被免了职。姬拉担任了新所长的助手。我也不再起实验品而成为合作者，参加它们的各种研究活动。

一个月来我常到从前被囚的研究所大楼去，我要教会他们说话，但是没有成功。我走后，诺娃一个人孤独地打发着日子。它没有再给配上新的伴侣，这使我很感激姬拉。我无法忘记和诺娃生活在一起的日子，常常想念她，但是人的自尊使我再也没跨进过笼子。

一天，我正在教诺娃说我和它的名字，高尔内留斯和姬拉走了进来。它告诉我，考古家在一个很远的地方发现了罕见的废墟，并说我到那儿会派上大用场。我很高兴到梭罗尔别的地方去观光，便一口答应下来。

最近以来，高尔内留斯拼命地工作，从事着它的个人研究项目，而我只知道那是一个关于猩猩的起源问题。它在寻问为什么自古以来它们文明的发展一直那么缓慢。猩猩世界的文明仿佛是一万年前突然冒出来的，从此便几乎再没什么变化。而从我对地球上人类的智慧及猩猩的善于模仿的描述中，以及它的研究中，它开始怀疑猩猩的文明开始于一种简单的模仿，只是现在还缺乏证据。

经过一个月狂热的挖掘和研究，我们失望了，因为这座史前的古城也和现在的城市差不多。一切都表明猩猩的祖先和它们的后裔过着相同的生活。可是一天早晨，挖掘工作则出现了重大突破，高尔内留斯从废墟中挖出了一个瓷娃娃，它奇迹般地被保存得几乎完整无缺。这是一个人形娃娃，而且和地球上的娃娃穿得一模一样。得过勋章的老猩猩认定这是一个小母猴的普通玩偶。可是高尔内留斯和我却并不这样认为。因为幼猴们的玩具从来没有瓷的，尤其是它们的玩偶从来不穿衣服。

高尔内留斯的脑子里产生了一个非常惊人的想法，我感到它现在已经害怕再把研究继续下去了，也许还懊悔对我讲得太多。于是，第二天，我便被飞机送回了研究所。

现在设想在一万多年前，梭罗尔上就已经有了近乎现代的人类文明已不再是荒诞的假想了。那么后来呢？可不可能是一些没有智慧的生物通过简单的模仿把这种文明延续下来了呢？一些生物学家曾经认为：在猴体中没有任何东西妨碍它们使用语言。我们完全可以想象，有那么一天它终于说话了，会说话的猩猩延续了我们的文字。经过大胆的进一步设想，我很快就相信了经过训练的猩猩完全可以延续我们的工业乃至艺术。

回来后，我病了一场，在床上躺了一个月。我倒并没感到什么痛苦，只是头脑热得难受，无休止地回想着我窥见的那个可怕真理的各个组成部分。然而，细想起来这一切是怎么发生的呢？难道是一次突然的巨变？意外的灾难？要不就是一方慢慢地退化，另一方慢慢地进步？我更倾向于这后一种假设。比如，它们对生物学研究为什么这么重视？我现在可知道其中的缘故了。从前，这里的猩猩一定像在我们的实验室里那样，大多充当人的实验品，正是这些猩猩首先起来反抗，成为革命的先锋。然后，它们自然便开始模仿平日观察到的主人的举止言行。那么人呢？……

我已经两个月没有见到囚笼里的旧友、同胞了。这天，我病好后来到囚笼大厅，心里有一种说不出的兴奋。现在我是用一种全新的眼光看待他们了。他们还认得我，而且对我含有一种敬意。他们的眼神中已出现了一种难以描绘的色彩，那是一种苏醒了的好奇。难道我尤利斯·梅鲁不正是被命运带到这个星球上来成为人类复兴的工具的吗？我在大厅里踱着，一个一个地问候着他们，克制着自己不至于马上跑向诺娃的笼子。可是当我走近诺娃的笼子的时候却发现笼子是空的，诺娃不见了。

诺　娃

我蛮横地叫来一个看守，它却说它也不知道人家为什么把诺娃带走了。当我见到姬拉时才得知真相，原来诺娃怀孕了，四个月后就将分娩。所以，她被秘密地隔离起来，由姬拉给以照管。

高尔内留斯也从考古现场回来了。当我问及它在挖掘地的最后一段生活时，它兴奋地说，好极了。它掌握了许多无可辩驳的证据。它们在一个墓地中找到了许多人的骨架。它说，现在它可以肯定地说在这个星球上确实存在过一种人类，一种像我们地球上一样有智慧的人类。但是这种人种退化了，重新退化到野蛮时代……此外，它还说了它回来之后，又在这里找到了新的证据。说如果有可能，可以带我去看一看。

因为我提出要看一看诺娃，所以姬拉就冒险偷偷地把我领到了诺娃单独住的小房子里。诺娃听到了我的声音，还没看见我，就站起来，把胳膊伸出了栏杆。我飞快地冲进了笼中，把她拥在怀里，向她诉说着，抚摩着这奇特的爱的结晶。她浑身战栗着，双眸闪出一种崭新的喜悦。她还蓦地叫出了我的名字，那是我教她练发音时告诉她的，我高兴极了。但当她背过身去吃我带去的水果时，眼光又变得晦暗呆滞了，这又使我很难过。

脑外科的奇迹

一天，高尔内留斯决定让我去参观脑外科。它把我介绍给这儿的主任——一头年轻的黑猩猩，名叫埃留斯。高尔内留斯有事先走一步，让埃留斯领我先参观一下一般的常规手术及结果。我只想参观一些手术的结果，都是一些大脑的某部分被破坏或切除后的人的奇特表现。正当埃留斯领我参观常规手术而使我无法忍受那种用人做试验的场面的时候，高尔内留斯回来了。他俩领我到了一个极其保密的房间，说要给我看一项最新的出色成果。

这里的实验品只有一个男人和一个女人。哑巴大猩猩助手给两个人实行了麻醉，他们很快地就睡着了。埃留斯将电极对准了男人头颅中大脑的某一点，于是那男人开始用猴语说话，尽管他总是重复着看护他的护士或学者们常用的只言片语，但已足以使我忍不住要惊呼了。接着它们要我看更为精彩的实验。天才的埃留斯用一种物理——化学的综合方法，不仅使那个女人恢复了个人记忆，而且恢复了对整个人类的回忆。

受到电流刺激后，女人开始说话了，也是用猴语。她叙述了猩猩队伍的壮大以至多到几乎和人一样多了。而且它们越来越狂妄，终于有一天，她被当仆役的猩猩推倒在街上。她说在实验室里也发生许多变化，那里一到晚上就传出喊喊喳喳的声音。接着，一只黑猩猩会说话的消息登在了《妇女日报》上，后来越来越多的猩猩都学会了说话，它们给语言派的第一个用场就是来反抗我们的命令。

女人的声音停了，接着是一个男人用教训的口吻叙述道："头脑的懒惰侵蚀了我们，我们不再读书甚至连看小说都觉得费事……而猩猩们则在暗暗筹划着，它们的大脑在思索中得到了发展。"

停顿了一下，又换了一个忧伤的女人的声音："这头猩猩到我家已经好几年了，一直忠实地为我服务，可是它慢慢地变了，学会了说话，什么活都不干，经常出去开会。最后终于反客为主了，我只好让位，从家里逃了出来。许多和我同样命运的男女挤在城外的营房里，过着悲惨的生活。"

接着又换了一个男人的声音叙述了他为做抗癌药物试验，准备先给猩猩注射致癌剂，结果反被猩猩注射了致癌剂的事情。接下来又换了一个女人的声音叙述了自己是怎样从一个驯兽师而被返变为一个受驯的对象的事情。过了很久，女人又开始讲起来："现在它们已占领了全城。我们只剩下几百人住在城外，最后终于又被赶到了热带丛林里……"

星际婴儿

埃留斯由于保密不严，使外界知道了让人开口说话的事。另外，报界也就发现古城遗迹进行了评论。一些记者差不多已经快猜测到事情的真相了，居民中产生了一种不安的情绪，对我也产生了戒备心理。扎伊尤斯派话里话外把我说成是一个捣乱分子。

就在我面临着危险的时刻，诺娃生了一个男孩，我有孩子了！婴孩的容貌和目光都闪耀着智慧的光芒，将来必定是一个真正的人。诺娃也由于做了母亲而在进化的台阶上跳了好几级，她的面部表情已经蕴含着文明的精神了。

走投无路

安泰勒教授开始是住在为他争取到的舒适住房里，可他却已不适应这种生活了，最后又不得不把他送回笼子里，并把在动物园里同他睡在一起的那个姑娘还给他做伴。这下他才重新变得快活起来，恢复了健康。今天，我又来看他，并千方百计地去和他交谈，但仍然毫无进展。这时高尔内留斯在我身后说："你看见了，思维是可以消失的。"

它来是找我进行一次严肃的谈话的。于是，我跟它到了它的办公室，姬拉已等候在那里了。原来它得到的可靠消息说，最高议会就要对孩子做出隔离的重要决定了，因为它们怕孩子将来成为这里的祸害。还说，危险的不光是孩子，还有我。它们怕我把这里的人搅得不守本分。所以，再过半个月，最高议会将决定把我干掉，或者，至少以实验为借口切除我一部分大脑。甚至，诺娃也不会被放过。这时姬拉又对我说，到何时它们都不会丢弃我们，并决心救出我们3个人：高尔内留斯已做好了安排，他说10天以后，它们要发射一颗载人卫星，以测定某些射线的作用。预定载3个人。一个男人、一个女人和一个孩子。而我们一家三口正可和他们偷梁换柱。它的一些负责发射的科学家朋友将会帮助我。

后来，一切都按计划实现了，我操纵着卫星，慢慢地靠近我们来时停放在梭罗尔星重力轨道上的飞船，并顺利地滑进机舱。我又乘上了飞船，航行在宇宙中，像一颗彗星朝太阳系滑去。不过飞船里不止我一个人，还有诺娃和西里尤斯——星际爱情的产物。他已经会叫爸爸、妈妈，会说不少话了。

这天早晨，我发现太阳遥遥在望了，心里激动万分！今天，西里尤斯讲话已经相当流利，诺娃也与他相差无几了，她和孩子是同时学会的，这是母性的一个奇迹。太阳每时每刻都在变大，用望远镜已经可以看到地球了。现在，我们越来越驶近地球，不用天文镜就已经分辨得出陆地，我们进入了地球的卫星轨道，又回到了故乡的身边。

我们最后下到飞船的第二个小艇顺利地降落到祖国的奥利机场。候机楼里一辆汽车朝我们驶来。车驶近了，是一部相当老式的小卡车。阳光斜射在汽车的脏玻璃上，隐约看得出里面有两人，一个是司机，一个穿一套制服，像个军官。卡车在离我们50米的地方停了下来。我抱着儿子下了飞艇，诺娃也迟疑地跟了出来。那两个人下得车来，朝我们走来，整个地暴露在阳光之下。诺娃突然惊叫了一声，从我手里抢过儿子，飞快地跑回小艇。我这时才惊讶地发现，走过来的军官竟然是一头大猩猩！

尾　声

菲丽丝和吉恩终于读完了手稿。可是，它们却认为这不过是写诗罢了，完全是作者的夸张，它们怎么也不相信会存在有智慧的人。吉恩把帆张满准备回去了。因为要回港了，菲丽丝随手掏出粉扑，在她那可爱的雌黑猩猩的嘴上又加了一层淡淡的红晕。

（张岩　缩写）

海底两万里

〔法国〕凡尔纳

第一部

1866年，海上发生一件神秘离奇、无法解释的怪事：好些船在海上碰见了一个"庞然大物"，它像一个长长的巨大纺锤，有时还发出磷光。它的体积要比鲸鱼大得多，而且游速也比鲸鱼快得多。

这个神秘莫测的海中怪物的出现，在世界上引起了难以形容的轰动。

1866年7月20日，加尔各答——布纳希汽船公司的"希金逊总督"号，在澳大利亚东海岸5英里处，碰见这个巨大的物体。它喷出两道水柱，"哗"的一声射到150英尺高的空中。

7月23日，西印度——太平洋汽船公司的"克利斯托巴尔哥郎"号，在距"希金逊总督"号700法里的海面上碰见了它，可见它的速度是相当惊人的。

15天后，在离上述地点有2 000法里处，北纬42度15分、西经60度35分的大西洋上，又有两艘轮船同时遇见这个大怪物。估计它身长至少350多英尺！

之后，关于怪物的消息又不断传出，在舆论界、学术界都引起长期的争论。直到第二年，正当这种轰动有所平静之时，在1867年的3月5日，蒙特利奥航海公司的"摩拉维安"号夜间航行被不明巨物再度撞伤；事隔不久，4月13日，很少出事故的英国邮船公司的"斯各脱亚"号，在西经15度12分，北纬45度37分海面上，不知被什么怪物把船身撞了个很规则的等边三角形缺口。

一时间，舆论又起。人们把以前所有原因不明的海难事件都算在这个怪物的账上了。大家坚决要求不惜任何代价清除海上这个可怕的怪物。

这些事件发生的时候，我——阿龙纳斯正从美国内布拉斯加州的贫瘠地区进行科学考察回来。由于我是巴黎自然科学博物馆的副教授，法国政府派我参加了这次考察。此时，我正在纽约，听说了"斯各脱亚"号的意外事件。

这件事把纽约闹得热火朝天，有学问的和不学无术的都发表自己的看法，大体上分成不同主张的两派：一派说这是一个力大无穷的怪物，另一派说这是一艘动力十分强大的"潜水艇"。但两派的论据都不充分。

但是怪物出现在海上又是个事实，所以人们的想象力就从鱼类这方面展开，造出种种最荒诞不经的谣言来。

因为我在法国出版过一部受到学术界特别赏识的书——《海底的神秘》，所以《纽约先驱论坛报》请我发表对这个问题的看法。

我从政治上和学术上讨论了这个问题的各个方面。我初步认为这个怪物是一只巨大的独角鲸。但我没说得太肯定，以给我留条退路。但在当时有人怀疑有人相信怪物是否存在的争议中，我承认了"怪物"的存在。

美、英两国的一些注重实际的人，主张清除怪物，使海上的交通安全得到保障。公众的意见一提出来，北美合众国首先发表声明，要在纽约组织清除独角鲸的远征队。一艘高速度的二级战舰"林肯"号定于近期驶出海面。各造船厂都给法拉古司令官以种种便利，以帮助他早一天把这艘二级战舰装备起来。

我也受到海军部长赫伯逊的邀请，同法拉古司令官同船出发。

接到邀请信还不到两小时，我和我的仆人康塞尔就踏上了"林肯"号军舰。康塞尔是比利时人，年仅30岁，他生性冷静、循规蹈矩、为人热心、正直礼貌，他懂得很多生物知识。10年来，他一直陪我旅行。我们受到了法拉古司令的热情欢迎。

"林肯"号是一艘时速18.3海里的战舰，装有高压蒸汽机，功率强大。准备就绪，"林肯"号在上百只满载送别人群的渡轮和汽艇的行列中，庄严地驶向大西洋黑沉沉的波涛中。

法拉古舰长是一位优秀的海员，完全配得上他指挥的这只战舰，他是战舰的灵魂。他许诺：谁最先发现海怪，谁就可得2 000美元的奖赏。

在船上，捕鲸用的器械齐全，大家都以我的理论为指导，大都以巨鲸为搜寻目标。

可是船上有个人称"鱼叉手之王"的勇士不同意我的看法。他叫尼德·兰。他是加拿大人，约40岁，身材魁伟，有6英尺多高，体格健壮，身手矫健，本领高强。就捕捉大鲸而言，法拉古舰长让他上船，是最恰当的人选。但他不相信怪物是独角鲸，他见过也用鱼叉叉过多种鲸，他认为鲸没有这么大和这么大的威力。

尽管意见不同，但我们相处还是相当友好的。

"林肯"号以惊人的速度沿着美洲东南的海岸航行。7月3日，到达麦哲伦海峡；7月6日，绕行合恩角；次日战舰驶入浩瀚的太平洋。

我们在太平洋上搜寻，穿过帕摩图乌岛、马贵斯群岛和夏威夷群岛，在东经132度越过了北回归线，向中国海开去。

转眼3个月过去了，"林肯"号跑遍了太平洋北部所有的海面。一无所获。大家有些失望了，舰长否决了返航的建议，让大家再坚持3天，向欧洲海岸进发。

11月5日是3天期限的最后一天。这时离日本列岛还不到200英里。

黑夜快到了。一片片的乌云掩盖了上弦的新月，大海的波纹在船后面平静地舒展着。月亮时隐时现，朦胧而宁静。

大家还在搜寻，静默无声。

"看哪！我们寻找了多时的家伙就在那里，正斜对着我们呢！"尼德·兰突然大声喊道。

大家都朝鱼叉手尼德·兰这边跑来。停船的命令发出了，船只凭本身的惯性移动。

大家看到了怪物，尽管天色黑暗。

离"林肯"号右舷约370米，海面好像是被水底发出的光照亮了。这个怪物潜在水面下几米深，放出十分强烈而神秘的光。

舰长下令，战舰很快离开光亮的中心，而那神秘的物体却以惊人的速度逼来。但在离船身20英尺的海面上突然停住了，光全灭了。不久它又在军舰另一边出现，谁也说不清它是怎样过去的。

它随时随刻都有可能给我们致命的冲撞。

舰长有些惊慌了："阿龙纳斯先生，很明白，这是一条巨大的而且是带电的独角鲸，它一定是造物主制造出来的最可怕的动物。"

"林肯"号的速度敌不过怪物，只好慢速行驶。而"独角鲸"也模仿战舰，随波逐流。0点53分，一种震耳欲聋的、像被极强的压力挤出来的水柱所发出的啸声——鲸鱼的叫声，给人们带来一阵新的恐慌。然而大家从未放弃警戒，每个人都做好了战斗准备。

天亮了，雾散了，在船左舷后面，怪物又出现了。距战舰1海里半左右，一个长长的黑色躯体浮出水上约1米。它的尾巴打着水，搅成很大的一个旋涡。它走过的地方留下一条巨大的、雪白耀眼的水纹，形成长长的曲线。

当战舰挨近这个鲸类的动物时，两道水和汽从它的鼻孔喷出来，有40米高！

舰长看准了这个动物后就命令轮机师把气压加足，全力驶去。但这个怪物一点也不在意，总跟战舰保持着若即若离的距离。你追我赶，变换着时速，当战舰以19.3海里的最大时速快追上怪物时，尼德·兰正要投鱼叉，那鲸鱼立刻敏捷地逃跑了，时速至少是30海里。

这场激烈的追逐从早晨8点一直到中午，毫无进展。开炮也无济于事。舰长下令死追，不追到战舰爆炸决不罢休。仅11月6日这一天，"林肯"号所跑的路程就不下500公里！

黑夜降临了，阴影笼罩了波涛汹涌的海洋。

晚上10点50分，怪物又像昨晚那样停在那里，"林肯"号偷偷地靠拢过去。

尼德·兰距那"睡着"的动物约20英尺的地方，将鱼叉投了出去，鱼叉发出响亮的声音，像是碰上了坚硬的躯壳。

怪物的亮光突然熄灭了，两股巨大的水流猛扑到战舰的甲板上，像急流一样从船头上冲到船尾，冲倒了船上的人，打断了护墙桅的绳索。接着战舰被狠狠地撞了一下，我还没来得及站稳，就从船栏上被抛到海中去了。

我尽力保持清醒，我两脚一蹬就从20米的深处浮上了水面。

在黑沉沉的夜色中，我仿佛看到一块黑东西在东方渐渐隐去，这一定是"林肯"号。我拼命喊："救命！救命！"

一只手抓住了我！原来是我的仆人康塞尔。他是为救我而跳船的。我俩拼命地游啊游啊。就在危在旦夕之际，尼德·兰出现在我俩的眼前。原来，"林肯"号受撞时尼德·兰掉到了一个浮动的小岛上。他断定，踩在我们三人脚下的这个浮动的小岛就是那怪物。我用脚踢了踢它，发现它分明是用坚固的钢板做的！看来，这是一艘人工制造的怪船！

怪船速度变化很大。我们在上面被弄得头昏眼花。天亮时，怪船渐渐下沉。尼德·兰开始用脚踢钢板咆哮起来。这时船又不沉了。突然一块钢板掀开，出来一个人，见到我们后怪叫一声，缩了回去。过了一会儿，8个高大的蒙脸壮汉一声不响地钻出来，把我们拉进他们可怕的怪船中。

四周漆黑一团，我们先被关进一个屋子里。过了好久，船长接见了我们。他的岁数很难估计，大概在35岁到50岁之间，身材高大，额宽鼻直，两手修长，目光敏锐，显得自信、镇定而刚毅。

我们之间开始对话，但船长他们说的话我们听不懂，我们用法语、英语、德语和拉丁语介绍我们海上遇险的经过，而他们毫无表示。

之后，船长走了。侍者给了我们吃的，然后我们睡了。不知过了多长时间，有海风轻轻飘来。我们醒了，原来这个怪船每24小时浮到水面换一回空气。

这时，进来一个侍者。愤怒的尼德·兰一个箭步冲上去，把他按倒在地，扼住喉咙，正当我和康塞尔把可怜的侍者救下的时候，忽然听到有人用法语说："您不要急，尼德·兰先生。您，教授先生，请听我说！"

我们不禁吃了一惊。

说话的是船长。

"先生们，我会说法语、英语、德语和拉丁语。我所以没有在初次见面时回答你们，是因为我想听听你们几次复述事实是不是完全相同，由此来肯定你们三人各自的身份。我再次来访是太迟了些，那是我在考虑应当如何对待你们。这事很棘手，因为你们是在跟一个与人类不相往来的人打交道。你们打乱了我的生活……"

"这不是故意的。"我说。

船长提高嗓门："不是故意的？'林肯'号到处追逐我，用炮弹轰击我的船，尼德·兰用鱼叉打我们的船，难道都不是故意的吗？"

船长嘴角浮起一丝微笑，接着说："阿龙纳斯先生，我有权利把你们视为敌人，抛入海中。"

"这也许是野蛮人的权利，但不是文明人的权利。"我激动地说。

船长也激动了："教授先生，我不是你们说的文明人，我跟整个人类社会已断绝关系，所以我不服从人类社会的法规，希望您以后不要再提这些东西了。"

沉默，长久地沉默，船长又开了口，态度有些缓和："但我认为，我的利益是能够与人类天生的那种同情心相一致的。既然命运把你们送到这里来，那就留在我们的船上吧。你们在船上是自由的，不过可能因为某种意外事件，不得不关你们一些时间，只要求你们绝对服从。能接受这个条件吗？"

我们的一切辩白都是无用的，只能接受。

"那么，怎样称呼您呢？"我问。

"教授，对您来说，我不过是尼摩（拉丁语，意即'无名氏'）船长，对我来说，您和您的同伴不过是我们'诺第留斯'号的乘客。好，请用餐吧。"

桌上的菜都是我们从未见过的，一切都是大海提供的。

"这么说，船长，您特别爱海？"

"是的，我爱海。因为它的气息纯洁而芬芳，它的领域辽阔而又壮观。……海不属于压迫者，尽管有人可以在海面上为非作歹，但在海平面30英尺以下，他们的权力、气焰和威势，便达不到了。您要生活就生活在海中吧！只有海里才有独立，才完全自由！"

船长的情绪激动不已。待他安静下来，他领我们参观了"诺第留斯"号。

首先参观了考究的图书室，然后进入博物馆，博物馆里到处是精品、名画、乐谱、自然界罕见的产品，琳琅满目，令人目不暇接，流连忘返，可以说，这是世界上独一无二的珍品聚集地。

"诺第留斯"号靠电供给它强大的原动力。电是大海供给它的原料产生的，可以说，电就是"诺第留斯"号的生命。

这只船的设计师、工程师，就是如今的船长。经过相当严格和复杂的组材安装，最后才秘密下海。它的所有装备都是极其先进的。能够在海中自由航行，能左能右、能沉能浮，像一条巨鲸那样灵活。我为"诺第留斯"号而惊叹不已。

按尼摩船长的意图，我们将继续在神奇的海底世界游历。

11月8日，"诺第留斯"号处在西经137度15分，北纬30度7分的太平洋上，距日本海岸约300海里。中午时分，我们的海底探险旅行开始了。

船在海面50米以下，向东北航行。

海洋跟大陆一样，也有江河，只不过这些河流是从它们的温度、颜色辨认的。我们正沿着一条暖流，日本人称之为黑水流行驶。

海水清澈超过山间清泉，阳光的照射力能达到300米深。海中各种鱼类竞相游动，展现在我们面前的简直就是中国海和日本海的全部标本。

1867年11月17日，我们三个同伴受尼摩船长之邀，前往海底森林打猎。尼德·兰不愿同去，船长也没强求。

我们穿着不透水的衣服可以在水中行走，空气问题是用一种可以背在后背的呼吸器解决的，照明用探照灯带在腰间，武器是特制的靠压缩空气发射带电子弹的猎枪。

阳光穿过30英尺的水层，把水中的黑暗驱散，我可以清楚地分辨百米以内的物体。

我们踩着又平又细，没有皱纹而且很明亮的沙层走动。"诺第留斯"号船体渐渐隐没了，但它的探照灯射出十分强烈的光线，可以指示我们回到船上。

我用手拨开水帘，走过后它又自动合上，我的脚印在水的压力下立刻消失了。

康塞尔一边和我同样惊奇地欣赏着灿烂的美景，一边对形形色色的动物进行分类。

中午时分，我们到达了叫作"克利斯波"的海底森林。

森林里生长的都是很高大的植物，我被林中奇形怪状排列的枝枝丫丫所吸引。林中地上并没有生长什么草，小树上丛生的枝权没有一根向外蔓延，也不弯曲垂下，也不向横的方向伸展。所有的草木都笔直伸向洋面。不管怎么细小，都是笔直的，像铁杆一样。海带和水藤受到海水强大密度的影响，坚定不移地沿着垂线生长，并且毫不摇动。当我用手分开它们然后再松手，它们便立即回复原来的笔直状态。这样子简直是垂线的世界！

我们走了4小时的路，虽然没饿，但是很困。于是在船长的示范下，我们都昏昏睡去。当傍晚时分我醒来，惊奇地发现一只海蜘蛛正斜着眼睛注视我，正要向我扑来。船长的同伴一枪托就打死了它。

这时我们打开了探照灯，4盏灯把周围25米内照得通明雪亮。接着我们往回搜寻猎物。

船长的枪响了，倒下的是一只很好看的水獭。不多时，他又打中一只美丽的大海鹅。

走着走着，船长和他的同伴突然把我和康塞尔按倒在地。原来一条十分厉害的蛟鱼向我们游来，它的利齿可以把整个人咬成肉酱！幸运的是这种贪食的凶猛的鱼眼力较差，没有发现我们。躲过这次危险真是奇迹，这条凶恶的鱼比陆上森林中遇到的猛虎要大得多。

半小时后，我们顺利返回"诺第留斯"号。

好些天过去了，船长很少来访。

11月26日早晨3点，"诺第留斯"号在西经172度上越过了北回归线。计算起来，全程已走了4 860法里了。从12月4日至11日，又走了4 000法里，在这段航行中碰见一群大乌贼。

在这次航行中，海洋把所有的各种奇妙景象不断地摆出来。它时时更换布景和场面，我们被大海的奇妙所吸引，在海水中十分愉快地观察了造物者的作品，探究了海底的秘密。

就在12月11日，"诺第留斯"号潜入1000米深的海底。在那里，发现了一只沉船。船上有3男1女4具尸体，一些巨大的鲛鱼瞪着贪婪的眼睛向遇难者游去。虽然这种情形不是第一次看到，但每一次都免不了心惊肉跳，为不幸者痛楚和惋惜。

转眼1868年了。现在全程已经走过11 340海里。1月4日，船到达巴布亚岛海岸。船长打算经托列斯海峡到印度洋去。尼德·兰很高兴，因为这条路使他渐渐地跟欧洲海面接近了，他时刻都惦记着有朝一日能逃跑。

托列斯海峡之所以被认为是很危险的地带，不仅由于它有刺猬一般的暗礁，而且还由于有住在这一带海岸的土人。为了安全通过这个海峡，船长采取了必要的措施。让"诺第留斯"号浮在水面上前进，它的推进器像鲸鱼尾巴一般，慢慢地冲开海浪。

下午3点钟，波浪汹涌，大海开始涨潮。

然而，"诺第留斯"号还是搁浅了，无法通过。只有等5天以后潮水继续猛涨才能通过。

1月5日，大家乘小艇上了岛。

好久没有在陆地上生活了，我们一踏上小岛，就欢呼雀跃起来。6日傍晚，康塞尔被岛上生活所吸引，说：

"我们今晚不回船上好吗？"

"我们永远不回去好吗？"尼德·兰补问一句。

还没等我回答，一块石头落在我们脚边，立刻把尼德·兰的提议打断了。

掷石头的原来是当地的土人。我们打退了土人的袭击。

1月9日，"诺第留斯"号在大潮波浪的掀动下，向大海驶去。

船头驶向印度洋。

1月18日，"诺第留斯"号到了东经105度和南纬15度的地方，狂风猛烈地从东方吹来，暴风雨即将来临。

在船上面的平台上，船长正对着望远镜瞭望天边，船副在测量角度，两个人比手画脚地争论着什么，说的话我全听不懂。船长在平台上踱来踱去，两眼闪着阴沉的火光，牙齿半露，很可怕。过了好一会儿，他的表情才恢复平静。他用神秘语言跟船副说了几句话后转身对我说："教授先生，根据当初约定的那一条款，您和您的同伴现在都要关起来，直到我认为可以让你们自由的时候为止。"

我们只有服从。第二天早晨我们又重获自由。

这天船浮上水面好几次。两点左右，尼摩船长走进我们的客厅，他一声不响地注视着我。他两眼发红，脸上布满忧愁，显得很痛苦。他问我是不是医生，我回答说是。然后他把我领到后部的一间船舱。床上躺着一位40岁左右的人，他伤势很重，头盖骨被某种器械击碎，脑子都露了出来，上面凝结着一块一块的血迹。我把病人包扎好，问船长："这是怎么造成的？"

"没什么！"船长掩饰地回答，"'诺第留斯'号受到一次冲撞，机器上的一条杠杆被折断，眼看就要击中大副，当时他正在旁边，奋不顾身扑上前去，不幸被断杆击中……兄弟为自己的兄弟牺牲，朋友为自己的朋友牺牲，再没有比这更简单的事了！这是船上全体船员共同遵守的法则！"

这位伤员没过几小时就停止了呼吸。

船长为殉职者在海底选择了一块珊瑚地。尸体用白色的麻木裹着，放到了湿润的墓坑中。船长双手交叉在胸前，我们三人和其他人一样都跪下来祈祷。

当坟穴填好后，船长和他的水手都站起来，走到坟前，大家屈膝、伸手，做最后的告别。

第二部

珊瑚墓地的感人场面，在我心中留下了深刻的印象。

1868年1月21日午后，"诺第留斯"号开始航行在印度洋的万顷波涛中。

1月28日上午，当"诺第留斯"号浮上北纬9度4分的海面时，望见西边8海里处有一块陆地。原来那就是挂在印度半岛南端的一颗明珠——锡兰岛。

船长在地图上看一下之后对我说："锡兰岛是以盛产珍珠闻名于世的地方。阿龙纳斯先生，我想请您参观采珠场，您愿意吗?"

"船长，当然愿意。"

第二天早晨，我们三伙伴随同船长整装出发，来到采珠场。我们在清澈的海水中悠闲地散步，观赏着美丽的景色，并且捕获了孕育珍珠的珍珠贝，在巨大的珍珠贝腹腔内发现了像椰子那么大的珍珠。

这时，船长突然停住了。在前方5米远的地方有个黑影潜到海底。这是一个未到采珠期就来采珠的印度人。我们看到他的小艇停泊在距他头顶上方只有几英尺的水面上。他动作熟练，一上一下只需30秒。

忽然一条身躯25英尺长，张开的大嘴占全身的三分之一的大鲨鱼，迎面扑向印度人。那个印度人赶紧向一边一闪，但没能躲过鲨鱼尾巴的一击，他跌倒在海底。鲨鱼又游了回来，翻转着脊背，眼看那个印度人就要被鲨鱼的利齿切成两半。这时，我身旁的尼摩船长猛地站起，手握短刀，向鲨鱼冲去，鲨鱼离开印度人直奔船长。沉着的船长弯下身子，机灵地躲过了鲨鱼的冲击，并用短刀刺入鲨鱼腹中。鲨鱼喷出的血把海水都染红了。船长抓住鲨鱼的一只鳍，不停地将短刀插进鲨鱼的身上。鲨鱼死命地挣扎，疯狂地搅动着海水。就在这万分危急的时刻，尼德·兰一叉刺中了鲨鱼的心脏。这个海洋霸王挣扎了几下之后终于死了。

印度人得救了。

1月29日，"诺第留斯"号以20海里的时速离开了锡兰岛，驶入把马尔代夫群岛和拉克代夫群岛分开的弯弯曲曲的水道中，向阿曼湾驶去。

2月7日，进入红海。

2月10日，一场大战海马的战斗开始了。

我们发现了海马。紧接着，7个水手都上了小艇，尼德·兰、康塞尔和我坐在小艇的后部。

小艇离海马不远时，尼德·兰投出了鱼叉。一连几叉都没能击中要害。我们继续追赶。海马突然停住了，反而向我们扑来。勇敢的尼德·兰靠在小艇前头，用鱼叉再次刺去。这东西咬住小艇边缘，把小艇顶出水面，我们被撞翻了。就在这时，尼德·兰又是一叉，直插其心脏。海马被擒。这家伙有5 000多公斤重。全船人都饱尝了鲜美的海马肉。

这日10点钟，尼摩船长亲自掌舵，顺利渡过艰险的阿拉伯海底隧道。地中海到了。

尼德·兰时刻寻找着逃跑的机会。结果让他大失所望，"诺第留斯"号经常潜在水中航行，或者在距离海岸很远的海面行驶，或者只让领航室浮出水面。

我开始研究地中海中的各种鱼类。

很快，我们进入地中海的第二道水域，船一直潜在最深的水层。这期间，我们驶过了地中海发生沉船事件最多的地方。海底船只的残骸越来越多，"诺第留斯"号无情而迅速地开足马力从这些残骸中间驶过，它在2月18日早晨3点左右顺着直布罗陀海峡下层水流钻入大西洋。

"诺第留斯"号浮在水面上。我们仨同伴在上面的平台散步。西班牙海岸遥遥可见。

外面风太大，我们回到舱中。尼德·兰开始策划逃走事宜。在他的怂恿下，我们约定今晚9点行动，一些必备器械都准备停当，他让我9点整在图书室门口等他的信号。

海面上天暗风涌，难得的机会。

8点啦，我全身颤抖起来。船正处于水下60米深，这对逃走有些不利。

差几分就要到9点了，我刚要到图书室门口去，我的客厅的门开了，尼摩船长走了进来。

他没有寒暄，就热情地问我："您知道西班牙的历史吗？"

"知道得很少。"我回答。

接着他就开始给我讲西班牙发生在1702年的一个新奇事件，在这个事件中，一艘装满金银的大船葬身海底。位置就在西班牙西北海岸的维哥湾。我们现在正行驶在这里。船长让我跟他一起去探察这个秘密。这时许多水手潜入海中。一只古船的残骸周围铺满金银，水手们开始向"诺第留斯"号上搬运。

我惊呆了。这时船长说，不仅在这维哥湾，在其他千百处的失事地点也一样，这些地点他都在海底地图上标记下来。此时我明白了，船长为什么那么富有。

"船长，只是我为这笔财富不能用在千千万万受苦人的身上而……"

"不用说了，阿龙纳斯先生。您以为我辛辛苦苦打捞这些财富只是为了我自己吗？您以为我不知道世上有无数需要救济的穷人，需要报仇的牺牲者吗？……"

船长说到最后几句就停住了，是不是心中后悔说了过多的话呢？我猜对了。我于是明白了，当"诺第留斯"号航行经过起义反抗的克里特岛海域的时候，尼摩船长送出去的数百万金子是给谁的！

第二天，也就是2月19日早晨，尼德·兰神色沮丧地问我，那个鬼船长为什么在我们要行动时把船停在海底。我把昨晚的意外事件告诉了他。他似乎对这不太感兴趣，他坚持要寻找另一次机会。

这日中午时分，船航行在西经16度17分，南纬33度22分，距最近的海岸有150法里。

晚上11点左右，尼摩船长要我和他做一次新奇的黑夜旅行。

这次船长没让带探照灯。我俩在300米深的海底行走，离开"诺第留斯"号明亮的灯光，我发现在2海里外有一团淡红色的亮光。原来那是海底火山喷发时所发出的光。

早上6点钟，我们到了这座山下的乱石丛林中。这是一片死树林，是受海水作用而矿石化了的树。

不多时，一座水下废城突然出现在我的眼前。坍塌的屋顶，倒下的庙宇，破损的拱门，横在地下的石柱，看得出这些都是多斯加式建筑的坚固结实的构件。远处是堤岸的遗迹，就像一座古老的海湾。更远一些，则是一道一道倒塌下来的墙垣，宽阔笔直的大道。

我不知道这是哪里。这时船长用小铝石在一块黑色玄武岩上写下3个字：大西洲。我心中豁然开朗，这是大西洲，就是古希腊哲学家柏拉图所说的大西洲！

我的脚踩在这个大陆上的一座山峰上，我的手摸到了10万年前古老的遗址！我走的地方就是最初原始人类曾经走过的地方！

大西洋的这一带海域有许多海底火山。又有谁知道，在遥远的将来，由于火山喷发物的层层累积，那火山的山峰会不会露出大西洋呢！

当我们回到船上时，已是黎明了。

2月20日，"诺第留斯"号以每小时20海里的速度在水深100米、大西洲上面10米的水层向南行驶。在一个死火山口形成的秘密港湾里逗留一些时候，然后穿过了遮覆整个大西洲的萨尔加斯海。

一直到3月13日，没有发生什么特别的事情。"诺第留斯"号一直下潜到16 000米水深处，这是人类从未到达过的深度。我们在那儿拍了很多难得的水下照片。

3月14日早晨，"诺第留斯"号在大洋面上航行在成群的长须鲸中。

鱼叉手尼德·兰一看见鲸鱼便手痒起来。船长拒绝了他捕鲸的请求。他不明白，在红海时船长不是让他打过海马吗？船长解释说，那是出于船员需要新鲜的肉，而这是为杀害而杀害。这些长须鲸是弱者，大头鲸、狗沙鲸、巨鲛都是它们的天敌。

这时下面有大头鲸在游动，船长说，消灭他是对的。尼德·兰马上想行动，船长制止了他："用不着去冒险，'诺第留斯'号的钢制冲角，足以相当于你的鱼叉。"

大头鲸群向长须鲸攻来。为援救长须鲸，"诺第留斯"仿佛变成了一支厉害的鱼叉，由船长亲手挥动，投向那些肉团，一直穿过去，穿过之后，留下那怪物的两半蠕动的身躯。大头鲸冲撞船，用尾巴扑打船的侧面，但这只是白费力气。大船打死了一条又一条的大头鲸。它灵活自如地追击着那些大头鲸，大头鲸沉入深水，它就潜下去追，大头鲸浮到水面来，它也追上水面。或正面打，或侧面打，或切割，或撕裂，四面八方，纵横上下，用它那可怕的冲角乱刺乱戳。

好一场屠杀！大头鲸不肯认输，它们好几次十几条联合起来，想用它们的重量压扁"诺第留斯"号。但船催动它的推进器，战胜它们，拖住它们，毫不在意它们的巨大重量和它们的强大压力。

最后这一大群大头鲸还是四散逃窜了。

"诺第留斯"号沿着西经50度，快速地向南行驶。3月16日早晨8点，大船顺着西经55度切过南极圈。这里处处都有冰块围绕着我们，四面封起，无路可通。

坦白地说，这种冒险的游历实在叫人痛快，南极海域令人迷醉、惊异。冰群千姿百态，雄伟壮丽，冰山断裂崩塌的响声，震天动地、惊心动魄。

"诺第留斯"号在冰地横冲直撞，直驶到南冰洋地区相当深入的地点。危险来了，大船终于动不了了。

根据测算，大船可以潜入冰下行驶。功率强大的抽气机把空气吸入储藏库，以备船潜航时使用，因为船要在水下好几天。

十来个水手拿着尖镐凿开船身周围的冰，船身开始下沉，直沉到深

800米的水下。

在自由通行的海底,"诺第留斯"号在3月19日早晨6点,就到达了南极。

这里只有一些散乱的冰块和浮动的冰层,远方一片大海,空中群鸟飞翔,水底鱼类种种。水的颜色深浅不同,时而是深深的靛蓝,时而是橄榄的青绿。冰山被远远地抛在北方天际。

在南边2海里处,有一座孤立的、周围有四五海里长的小岛,一条狭窄水道把它跟一片广大陆地分开。或者这不是小岛,而是一个大洲,因为我们望不见它的边缘。

"诺第留斯"号靠了过去。尼摩船长第一个踏上南极的土地,他异常激动、自豪。亘古以来,他是第一个在这陆地上留下足迹的人。

在这个荒凉的大陆上,几乎没有植物,但却有不少种类的动物。海鸟、海豹、海象,以及特殊形貌的海马,还有这里特有的鲸鱼。

3月21日,我们用航海表测定,我们正处在南极点上!

尼摩船长手扶着我的肩头:

"教授先生,自1600年到1842年,先后有几十位航海家来过南极这块陆地的边缘及岛屿,而今天,1868年3月21日,我,尼摩船长在南纬90度上到达了南极点,我占领了地球上这一部分面积等于人所知道的大陆六分之一的土地。"

说着,船长展开一面旗,然后转过身来,面对着正把最后光芒射在大海水平线上的太阳喊道:"再见,太阳!沉下去吧,光辉的金球!你安息在这个自由的海底吧,让6个月的长夜把它的阴影遮覆在我的新领土上吧!"

3月22日清晨,"诺第留斯"号准备开走。各星座在天空中照耀,特别明亮。天空的顶点有那辉煌的南极星。这时温度开始下降,海面渐渐冻结。显然,南极的海面在冬季6个月全是结冰的,绝对无法通过。

"诺第留斯"号下降到1 000英尺深，以时速15海里直向北方行驶。晚上，它已经驶到冰山下边巨大的冰冻甲壳下面了。

早晨3点钟，我被一下猛烈的撞击惊醒，人们乱作一团。"诺第留斯"号意外触礁！

"一群巨大的冰，整整一座冰山翻倒下来。"尼摩船长说。

但智慧的船长，很快就使大船转危为安了。

不幸的是，5点左右，大船前端又发出一次冲撞。这次船不能前行而只能后退了。

8点25分，又一次冲撞。这一次是发生在船后部。

"诺第留斯"号被封锁了。

船长采纳众人的建议，采取人工穿凿冰墙和用开水烫（电池发生的热量可以把被抽水机吸进去的海水烧开，再放出去以延缓水的冻结）的方法，经过全体船员的顽强拼搏，终于使"诺第留斯"号周围的冰让开了一块地盘。

船能浮动了，然后开始下沉。紧接着，推进器全速开行，船身震动着向北方驶去。

3月28日上午11点。"诺第留斯"号以每小时40海里的惊人速度行驶。这时压力表指示，我们距水面只有20英尺。一层很厚的冰层把我们跟大气分开，唯一的出路就是破冰而出！

这时，我感到船尾开始向下倾斜，船首向上昂起。然后，它靠着功率强大的推进器的推动，从冰层下面，像一架强力的掘进机向冰层冲去。冰层被冲开了一个裂口。然后它又退下来，开足马力再次向已裂开的一个口子的冰层冲击。成功了！"诺第留斯"号破冰而出，并压出了一条水道，浮在了海面上。

"诺第留斯"号驶得很快，不久就驶出南极圈，船头直指合恩角。我们是在3月31日晚上7点横过南美洲这个尖岬的。然后从大西洋的水路到北方去。

尼德·兰得知后，高兴地说："恕我不奉陪了。"

4月2日早晨11点，我们驶过佛利奥岬海面。尼摩船长不喜欢让他的船离有人居住的巴西海岸太近，所以飞速行驶，这使尼德·兰大为不快。

4月11日，"诺第留斯"号忽然上升，陆地就在亚马孙河的入海口呈现出来。

4月12日，打了一天鱼，我们在亚马孙河入海口的停留也就结束了。尼德·兰一直没能找到逃走的机会。

黑夜降临，"诺第留斯"号又回到了大海中。

这几天，"诺第留斯"号经常躲开美洲海岸。很显然，它不想到平均深度18 000米的墨西哥湾或安地列斯群岛，这一带船多，对于尼摩船长说来是不适合的。

4月20日，船在平均1 500米深的水层中航行，那时船最接近的陆地是留加夷群岛。在这一带有高高的海底悬崖，悬崖上铺着层层阔大的海洋植物叶子，有宽大的昆布类植物和巨大的黑角菜，简直就是海洋植物形成的墙壁。

11点左右，在这些昆布类植物中间，有巨大凶恶的章鱼发出怕人的骚动。

我们都跑到玻璃窗前观察。嗬，简直吓得人倒退，叫人不禁浑身都产生一种厌恶感。这个令人害怕的家伙，真可以说是从古代传说中钻出来的怪物。

这是一条身躯巨大，长达8米的章鱼。它极敏捷地倒退着，方向跟"诺第留斯"号相同。它那呆呆的巨大眼睛盯视着。它的8只触手长在脑袋上，每只触手都有它身躯的两倍长，伸缩摆动，像疯妇人的头发那样乱飘。长在上面的无数吸盘，不时贴在客厅的玻璃上。它那骨质的嘴，像鹦鹉的一样——垂直地或开或合。它的骨质的舌头本身有几排尖利的牙齿，颤抖着露出那一副真正的大铁钳。大自然真是离奇古怪呵! 这软体动物有一个鸟嘴! 身躯像纺锤,中腰膨胀,形成一大肉块,重量不下2 000公斤。它有3个心脏,这决定了它运动的劲大和活力的出奇。

"诺第留斯"号身边又出现7条章鱼,船不得不减速行驶。忽然,船停住了,一次冲击使它全身都发生震动。不多久,它又浮起来,但它停着不走,它的推进器的轮叶搅不动水了。原来,一条章鱼的下颚骨撞进了轮叶中。要宰掉这条害虫很不容易,因为电气弹对这团软肉没办法,它软得没有足够的抵抗力,不能让电弹爆发。所以还得用斧子来砍。尼德·兰以及10个水手已跃跃欲试。

这时船已浮上水面。一个水手把嵌板上的螺钉松下来,母螺旋刚放开,嵌板就猛烈地掀起来,显然是被章鱼的一只触角的吸盘所拉的。接着,立即有一只长长的触角,像一条巨蛇,从开口处伸进来,另外还有20只触角在上面摇来摇去。这时船长一斧子把这根巨大的触手斩断,它绞卷着溜下去。另外两只触手,像双鞭一样在空中挥动,落在站在尼摩船长身旁的那个水手身上,以不可抗拒的力量把他卷走了。这个不幸的人,被触手缠住,粘在吸盘上。水手喘息着连喊"救命"。

尼摩船长大喊一声跳到了外面,跳到章鱼身上。又一斧子,掉下一个触手。全体船员一起进攻,一瞬间,那章鱼的8只触手被砍掉7只。剩下的一只仍然紧紧缠着那个水手,在空中挥来舞去。

当船长和大副扑向这只章鱼的时候,想不到它喷出一股灰黑色的液体(这是从它肚子里的一个口袋里分泌出来的黑水)。我们的眼睛都被弄得昏花了。当这团浓黑雾气消散时,章鱼不见了,我们不幸的同胞也不见了!

肉搏战特别激烈。有10多条章鱼侵到船的两侧和平台上。我们在平台上,在血泊和墨水中跳动着的一段一段的触手中间滚来滚去。这些黏性的触手就像多头蛇的头一样,砍掉一个又上来一个。尼德·兰的鱼叉每一下子都刺入章鱼的灰蓝色眼睛中,把眼珠挖出来。

突然，尼德·兰被一条章鱼的触角卷住掀倒在地。章鱼张开可怕的大嘴对着尼德·兰，情形万分危急。说时迟，那时快，尼摩船长一斧子砍入那两排巨大的牙齿里面。

尼德·兰得救了。他站起来，把整条鱼叉都刺入章鱼的心脏中。

一刻钟的战斗结束了，我们终于打败了可怕的大章鱼。

尼德·兰对尼摩船长充满感激之情。船长说："我应该有这次机会报答你！"说完，他一动不动地站在探照灯附近，眼睛望着吞噬了他一个同伴的大海。想到这个水手的惨死，想到他不能跟其他殉难的水手们一样长眠于安静的珊瑚墓地，尼摩船长不禁热泪盈眶。

5月1日，"诺第留斯"号在巴哈马水域转向北，驶入大西洋暖流。

5月8日，跟北加罗林群岛在同一纬度上，我们与哈提拉斯角侧面遥遥相对。此时，逃走的计划是很可能实现的，因为有人居住的海岸到处能给人以藏身之处，海上从纽约或从波士顿到墨西哥湾的定期往来船只也能提供方便。

我接受了尼德·兰的主张，可我并没有失去光明正大离去的希望，便向船长要求离开"诺第留斯"号给以登上陆地的自由。

然而，尼摩船长一概不理，最后说："阿龙纳斯先生，我今天要回答您的话，就是7个月前我回答过您的：谁进了'诺第留斯'号就不可能离开它。"

尼德·兰不再对船长抱有希望，他主张大船一接近长岛，不论天气如何也要逃走。

然而，天气愈来愈坏，有迹象预告，大风暴就要来了。

正当大船跟长岛在同一纬度时，大风暴爆发了，风速每秒25米。巨浪滔天。逃走根本不可能。

5月28日到6月1日，"诺第留斯"号在欧洲西海岸附近转来转去，船长用仪器测来测去。弄得我莫名其妙。

在6月1日这天，船下沉，下沉到833米深的海底。

海底有一艘沉船。

尼摩船长对我说：

"这只船装有74门大炮，于1762年下水，经过多次海战。共和纪年2年，这只法国战舰与英国舰队在海上遭遇。它经过英勇的战斗后，3支桅杆被打断，船舱中涌进海水，三分之一船员失去战斗力，365名水手宁愿沉到海底去，也不愿意投降敌人。战舰在'法兰西万岁！'的欢呼声中沉没海中。"

"是'复仇'号！"我喊道。

"是的！先生。'复仇'号！多美的名字！"尼摩船长交叉着两手，深沉地说。

"诺第留斯"号慢慢地回到海面上来。

这时候，远处传来轻微的爆炸声。尼摩船长无动于衷，我们几个有点慌神。

尼德·兰看到，距"诺第留斯"号6海里处有一艘没挂国旗的战舰。它迅速驶来。

无论它是哪国战舰，都是我们逃走的好机会。

这时候，一道白烟从战舰的前部发出，几秒钟后，一件重东西落下，把水搅乱，水花溅到"诺第留斯"号的后部，紧接着爆炸声传来。

眼看那艘铁甲战舰距我们只有3海里了。尼德·兰稳不住了，他拿出毛巾在空中摇摆。刚摇了两下，就被一只铁一般的手掀倒在平台板上。

"混蛋！你要我在'诺第留斯'号冲击那只战舰前，先把你钉在冲角上吗？"脸色苍白的尼摩船长抓着尼德·兰的肩头，愤怒地说道。然后他对着打来雨点般炮弹的战舰，用有力的声音喊道："啊！你知道我是谁？你这被诅咒的国家的船！我不看你的旗就认得你！你看，我给你看我的旗！"

船长展开他的旗，跟在南极插下的旗相同。

又有炮弹打来。尼摩船长耸耸肩，让我们都进舱里去。他决心要把那艘战舰击沉！

"诺第留斯"号十分巧妙地躲避着战舰的炮击，诱使战舰一会儿东一会儿西，跟它在海上兜圈子。

我劝尼摩船长："躲开算了，别跟它一般见识。"船长激动地说："我是权力！我是正义！我是被压迫的，祖国、妻子、儿女、父亲、母亲，他们全死了！所以我仇恨一切，就待在那里！您不要说话！"

6月2日5点，船速减慢，这是故意让敌人接近。趁这个机会，我们三个人正要逃走，突然船潜入水下几米的深处。原来，它要从吃水线下面攻击敌舰。

"诺第留斯"号猛地向敌舰撞去。如巨石碰鸡蛋一样，敌舰支离破碎，渐渐下沉，紧接着一声爆炸，敌舰彻底毁灭。

尼摩船长的房间里，他，这个仇恨之神，两眼凝视着一幅画着一个年轻妇女和两个小孩的肖像。他向像中人伸出两只胳膊，跪下去抽咽起来。

"诺第留斯"号驶过英吉利海峡，直奔北极海。

尼德·兰忍无可忍，索性谁也不见了，康塞尔怕他犯思乡病寻了短见，时刻忠实地看着他。

一天早晨，尼德·兰把我推醒："我们不能拖下去了，一定要逃。趁现在船上监督不严。今晚10点，趁月亮还没有升上来时，我们乘黑暗逃走。死活也得逃！"

船上最后一天是多么漫长。6点的晚餐我勉强吃了些，那是为了逃跑时有点力量。我收拾好东西，等待10点的到来。不由得回想起了在"诺第留斯"上的日日夜夜……所有的事情都涌在我的眼前。我觉得，尼摩船长在这离奇古怪的环境中间显得异常巨大，他是超人的典型，但他却是我的同类。他是水中人，海中神。

时间已过9点半了，一个突然的想法使我害怕起来，我怕碰上尼摩船长，他只要一句话就可能把我锁在他的船上！然而10点的钟声就要敲响了，我没有丝毫可犹疑的了。

当我小心翼翼地经过船长房间门口的时候，我听到他声音很低地说出下面的话——这是传到我耳中来的尼摩船长的最后一句话："全能的上帝！够了！够了！"

这是从这个人良心里发出来的悔恨的自白吗？别管他了，船内的嘈杂声已经告诉我们，大风暴就要来临了。

我们三个赶紧行动。

风暴卷起。

"诺第留斯"号，在小艇要离开它的时候，被卷入这巨大风暴的深渊之中。

涨潮时，夹在费罗哀群岛和罗夫田群岛中间的海水，奔腾澎湃，汹涌无比。滔天大浪从四面八方冲到那里，形成了很恰当地被称为"洋眼"的无底深渊，它的引力一直伸张到15海里远在深渊的周围，不但船只，而且鲸鱼和北极白熊，都不能幸免，一齐被吸进去。

"诺第留斯"号也被吸了进去。它沿着螺旋线被吸向海眼的中心。我们藏身的小艇也被"诺第留斯"号带着以极快的速度冲向海眼的中心。

"诺第留斯"号顽强地抵抗着这股强大的引力，船身发出"嘎嘎"的响声。

忽然，用来把小艇固定在大船上的螺丝脱落了，小艇离开了它在大船上的窠窝，像投石机发出的一块石头，飞掷入大旋涡中。我的头部碰到一根铁条，顿时失去了知觉。

那天夜里的经过，小艇怎样逃出那个可怕的旋涡，尼德·兰和康塞尔怎样脱险，我一无所知。当我醒来时，发现我躺在岛上一个渔人的木头房子中。我的两个同伴和我热情拥抱，庆贺脱离了困境并安然无事。

可是，"诺第留斯"号怎样了？它抵住了北冰洋大风暴的压力吗？尼摩船长还活着吗？我希望他作为一个高明学者继续做和平的探海工作，他性格稀奇古怪，但崇高伟大，我从10个月的超自然生活中了解了他。

《圣经》中说："谁能有一天测透这深渊的最深处呢？"

我敢说，在现在的世界上有权回答这问题的只有两个人——尼摩船长和我阿龙纳斯！

附　录

在美国南北战争期间，有5个被困在南军占领区域中的北方人利用气球逃走，他们被风暴带到太平洋上的一个荒岛上。每当这几个遇难者在荒岛上遇到危险时，总有人在暗中帮助他们。他们千方百计地寻找这位神秘的恩人，但始终没有找到……

几年过去了，终于有一天，这些人被一根电缆引到荒岛腹地的一个地下湖中。那里停泊着一艘潜水艇，艇的主人便是大名鼎鼎的尼摩船长！

自从阿龙纳斯见到他，已经过去16年了，尼摩船长已是个垂死的老人。临终之际，他向这几个遇难人吐露了他的身世。

尼摩船长是印度达卡王子。1849年，他从欧洲留学回国，娶妻生子，有了一个幸福美满的家庭。但个人的幸福并未使他忘记印度的解放事业。

1857年，印度士兵武装起义，达卡王子是主要领导人。起义最后被镇压，达卡王子只身逃入深山，他的父母妻儿全被英军杀害。

从此以后，达卡王子对人类的一切都厌恶了，对世界充满仇恨。终于有一天，他变卖了自己剩余资产，集结了二十几个忠实伙伴，从此在陆地上销声匿迹。

1868年6月22日，偶然落到他潜艇上的阿龙纳斯教授等人逃离后，世人才知道有"诺第留斯"号潜水船。

在这个事件发生后，尼摩船长继续漫游地球上的各个海洋。十年过去了，他的同伴相继故去，他只身一人将"诺第留斯"号驶入那个过去经常藏身的地下石洞，在里面孤独地生活了6年。

他本不打算再与人类接触，但荒岛上几个遇难者团结互助，以集体的智慧和劳动，赤手空拳地建立起幸福生活的行动和精神感动了他。他给遇难者以很多帮助。

这几个遇难者面临着一个巨大的危险，使得船长不得不在死前见他们一面，给他们提出警告。

尼摩船长对这几个人留下了他的最后遗言：

"我在大洋撞沉了一艘英国战舰。我是主张正义和公理的，无论在哪里，我都尽力做我能做的好事，同时也干了我应当干的'坏事'。要知道，正义并不等于宽恕！"

接着他问：

"你们对我怎样看呢？先生们？是我错了，还是对了？"。

（孙天纬　缩写）

苏格拉底

〔英国〕约翰·克里斯托弗

一天下午，我刚走出实验室，突然从看狗人的小屋那里传来一阵阵尖叫。我赶紧走了过去。院子里，看狗人詹宁斯正拎着一只小狗，把它的脑袋使劲往墙上摔，他的脚下躺着三只已摔死的小狗。他摔死了第四只，又拎起了窝里最后一只小狗。"怎么回事？"我大叫了一声，他转过身，拎起那只小狗，杀气腾腾地回答："弄死一窝子废物！"

我从没见过这么奇怪的小狗：一身肮脏黄毛，腿粗得出奇，但吸引我的是那个脑袋，它比同种任何一只普通小狗的脑袋足足大出三倍；虽然它的脖子够硬朗了，但那大脑袋安在上面好像细枝上长个大苹果。

詹宁斯埋怨是我们实验室的爱克斯光机器使它的一窝狗长成了怪物，但我敢肯定公司是不会承担责任的。詹宁斯怒气冲冲地说他并不指望从那些混帐身上搞钱，只想砸烂这些怪物的脑袋寻开心。他拎起小狗正准备往墙上摔，一直没动静的小狗这时却发出一声低低的哀叫，一双蓝眼睛求救似的望着我。我掏出钱包，用一镑钱买下了小狗。我不能把狗抱回去，因为房东太太不喜欢狗。我和詹宁斯说好，在找到合适地方之前，他先照料小狗，我每星期付十先令。

我每天都去看望这小东西，它长得出奇的快，只吃了不到一星期的奶，就自己吃食，胃口大得惊人，比它母亲还能吃。詹宁斯挠着它乱茅草窝似的脑袋对我说，他从没见过这样的小狗。小东西还不到14天，就会用爪子扒掉狗屋的门闩，跑出去偷食吃。然而给我留下深刻印象的还不是这些外露的小聪明，而是我和詹宁斯靠在狗屋篱笆上谈论它时它盯着我们看的那副神情：它坐在那里，专心致志，困惑地皱着眉头。我给那小狗起了个漂亮的名字：苏格拉底。几千年前，古希腊的一个伟大的思想家也有这个名字。

一个星期五的晚上，詹宁斯像往常一样喝酒去了。我带了一个朋友来看苏格拉底，他对狗颇有研究。这时，三个星期的苏格拉底已长得像猎狐犬那么大。那朋友听说那窝狗全和苏格拉底一样，立刻惊讶地说这不是怪物，而是千载难逢的真正变种。可惜那蠢货把它们全弄死了，这家伙杀了一群可能会给他下金蛋的鹅。我的朋友打算把苏格拉底养在他的狗窝里，以便观察试验和训练。

第二天，我去抱苏格拉底时，发现狗屋门上挂了块大牌子，上面七歪八扭地写着："严禁入内"。我找到詹宁斯，他变卦了。他昨天偷听了我和我朋友的谈话，认定那小狗是个摇钱树，打算自己来训练它，用它赚钱。遇到这样一个无赖，我毫无办法。

詹宁斯带着苏格拉底跑了。三个月后，我在帝国剧院广告栏上看到他们的名字：詹宁斯和他的神狗。

在剧院里，我看到了苏格拉底，它比以前大多了。它在台上演的都是一般马戏狗演的那套节目。但它表演时的那种自信的神情使其他马戏狗黯然失色。他们一共谢了六次幕，每次苏格拉底都极其庄重地向那些歇斯底里的观众致谢。演出结束后，我找到了詹宁斯住的大旅馆。穿着华丽睡衣的詹宁斯正在喝着威士忌，他得意地让苏格拉底为我表演一套新把戏。苏格拉底骑着一辆小木头车在屋里转圈跑起来，小车没拐好，一下撞在墙上，苏格拉底从车上翻了下来。詹宁斯扯过鞭子，拼命地抽它。苏格拉底蜷缩着身子一动不动。我不顾一切地冲过去，夺下了詹宁斯的鞭子。这个疯子原来就是用这种方法来训练苏格拉底的。詹宁斯拎着酒瓶东倒西歪地出去了。我低头看着苏格拉底，忍不住对它说："苏格拉底，一有机会脱身就跟我回去。"我拉起衣袖，让它闻了闻我的大衣。当然这只是个很荒唐的念头，因为苏格拉底根本听不懂我的话。

　　我回到了刚搬不久的新家，苔丝跑过来迎接我，它是我自己喂养的一条猎犬。三个小时后，苏格拉底竟找来了。更令我吃惊的是，苏格拉底不仅能听懂人话，而且会说。它说话的声音含含糊糊，好像一个口齿有毛病的人。苏格拉底坐在地毯上，它告诉我它是怎样学人话，但这个秘密它没有告诉任何人，否则詹宁斯又要把它当节目演了。苏格拉底对自己的聪明感到奇怪，于是我就把它的出生告诉了它，它似乎很容易就接受了爱克斯变种的这个概念。当它得知它的兄弟姐妹的悲惨命运时，眼里涌满泪水。它说它不想永远当一只马戏狗。我劝它逃跑，但它拒绝了，它说它不能背叛詹宁斯。任我怎么劝说，它还是无动于衷。我明白了，苏格拉底尽管聪明绝顶，但它毕竟是条狗，几千年来隶属于主人的本能并不因为它聪明、有理性就能改变。苏格拉底对我说，他到这里来是为了学点知识，为此哪怕是回去挨顿鞭子也值得。我答应了，这的确是一条不寻常的狗。从此，苏格拉底就经常来了。它喜欢坐在我面前，听我给它读书。它的求知欲极强，喜欢哲学、文学。它写了几首诗，虽说比较粗糙，却带着一种非人所能达到的动人之处。

　　有一天，我无意中提到了心灵研究方面的一些新发展，苏格拉底的注意力马上集中到了这上面。它告诉我它能看到一些人所看不到的东西。一天晚上，它花了差不多整整一小时，给我描述了屋里一个奇怪的螺旋体的运动。它要我给它读那些有关超自然现象的书，想寻找对它那种奇异功能的解释，但书里的那些解释都不能使它满意。

　　我们也并不是老念书，有时也喜欢到外面去散步，它和苔丝一会儿就跑得无影无踪了。它们找野兔、小鸟以及野地里使狗感兴趣的野物。这时候苏格拉底非常开心，因为詹宁斯几乎从不带它出来。苔丝很喜欢苏格拉底，有时我和苏格拉底为了能安静地念书和谈话，不让它进来，它就在门外呜呜地叫唤。

詹宁斯带着苏格拉底到英国北部演出，获得了巨大成功。好几个月后，它又回来了。苏格拉底看起来还是那么健壮，但从精神看得出来，这次演出使它疲惫不堪。它不再愿意读哲学了，总是躺在地毯上听我读诗歌。苏格拉底告诉我，它现在只能单独表演，詹宁斯总是醉得不省人事，根本上不了舞台。当然，随着酗酒而来的便是鞭笞。苏格拉底的背上满是伤痕，但它还是回到詹宁斯那里。

一天下午，苏格拉底来了。我们像往常一样出去散步，它一言不发。快要分手的时候，苏格拉底终于开口了。"长不了了，"它说，"昨天晚上他又抽我了，我心中好像有一团火在烧，差点咬断他的喉咙，我很快就会这么做的，然后，让他开枪打死我。"我没有说话，因为无论怎样，它还是要回到那个恶棍的身边。

我们来到一座桥上。刚下过大雨，河水涨得很高。突然，詹宁斯出现在桥头，他喝得醉醺醺的。"原来你一直在偷偷溜出来会教授，尝尝我的鞭子！"他边叫边挥着鞭子走过来。苏格拉底蜷着身子缩在地上，等着挨打。我等他走近，猛地扑上去。詹宁斯用力从我的手臂中挣脱出来，他摇晃了一下，掉进了河里，很快消失在激流中。现在苏格拉底自由了。

詹宁斯的脑袋在不远的水面上露出来，他微弱地在喊"救命"，苏格拉底不由自主地颤抖了一下，它第一次也是最后一次喊了声："主人！"便从桥上跳入水中，疯狂地向它那个快淹死的主人游过去。我不会游泳，只能看着他们在激流中挣扎。苏格拉底已经用牙齿咬住了詹宁斯的衣服，正设法往岸边游。这时水又冲过来，他们被卷到激流中去了。我盯着河水，等待他们冒出头来，但他们再也没有露面。

我有时想到，如果给苏格拉底机会，让它做它可能做到的那些事情，光是那些只有它才能看到的奇妙东西，就足以给人类知识做出巨大的贡献！

苔丝不久就要生小狗了。

第六感觉

〔苏联〕弗·聂姆措夫

　　天空、沙子、盐木、白色居民点、发亮的树叶、灌溉沟渠和道路的细小线条、嫩绿的田野、黄色的草地、羊群、又是天空、沙子、盐木。

　　这一切，从飞机窗口映入眼帘。飞机在向南飞去。

　　只能听到轻微的飞机马达声，风吹得空中列车的甲板呼呼响。我的心情很急切，但我似乎觉得，飞机慢得像无力地挂在空中了，下面沙子上似乎有飞机的一动不动的黑影。不透明的白色丝绸窗帘在微微晃动，这窗帘被阳光镀上了一层瑰丽的色彩。

　　我再次读着电报：

　　"情况复杂，马上飞来支援。"

　　按前线的习惯说来，这没有什么值得惊讶的。我在紧急执行命令。

　　我有一位有经验的同伴——刷着黑漆皮子的手提箱。它像活人一样摇晃了一下，靠近了我一些。飞机准备着陆了。从窗口可以看到，螺旋桨懒懒地转动着，飞机襟翼在轻轻摆动，大地像微微升起来，很有礼貌似地接近我们。

　　着陆了。飞机在机场上敏捷地跑着。

　　停机后，有股强烈的泥土味从打开的门口闯进来。一个穿浅色大衣的乘客笨重地走到铝制的舷梯上。他的背把门完全遮住了。很快地现出他的侧影。

我在哪儿见过这张脸？可我想不起来。

我们坐上公共汽车，穿浅色大衣的人正坐在我邻座。我尽量不让我的笨重的手提箱碰着他。

"请放心，好好地坐着。"

"他是本地人。"我这样想着——我发觉他说话带本地口音。这时我才想起来，这是华腊德热夫教授，乌兹别克的著名科学家。不久以前他发表了一部有独创性的著作，专门的报刊上对它做过许多报导。

"你是华腊德热夫教授？"

"是，是我，您是？"

我做了自我介绍以后，很快说道：

"见到您很高兴。请告诉我们，损失很大吗？城里怎么样了？"

"我是昨天从城里飞出来的。形势非常紧张。"

"居民怎样？"

"在日夜工作……但是……不要紧，您会看到的。"教授紧闭起嘴唇来。

光秃秃的土地不见一根草，黑黑的树木，停着不动的近郊列车。人们把沙子撒在铁轨上。太阳勉勉强强从火山似的棉状云里透出来。

我们驶进了城。汽车停了下来，不能往前开了。

街道上奔流着肮脏的绿色的"浪潮。"

就像是海潮漫进了城里一样。可是这儿是离海几千公里的干沙。这股像后浪推前浪似的东西，是闯进城里的大群大群蝗虫。

蝗虫在柏油马路的街道上、人行道上、屋檐下运动着，在电车道上爬动着，也拥进了停住的载重汽车和公共汽车。

我们下了汽车，像走在多苔的沼池或涉水一样地穿过街道，打算到教授的住宅去。这真是十分难堪的事。我好不容易才抑制住呕吐，踩着窣窣响的活蝗虫身上走去。

从华腊德热夫教授的话里我明白了，蝗虫的泛滥使这个城市完全瘫痪了。向工厂供电的工作停了——高压电线短路了。有些区的电话联系也中断了——蝗虫闯进了自动电话局。

生产企业的通风器把蝗虫吸吮到了各个车间。糖果点心店啦，药店啦，纺织厂啦，医院啦，学校啦，实验室啦，里面到处都是蝗虫。

人们就像在洪水时期一样保护着每一公尺的土地，但蝗虫无孔不入。

地方报纸出了号外。被粘在报纸上面的蝗虫翅膀给报纸插上了画——蝗虫也进了印刷厂。

食品厂也停工了——蝗虫闯进了所有车间。食堂和饭馆都关门了。

电影银幕上飞着巨大的黑色飞机——这是在放映机光渠上飞着的蝗虫。灯闭了，人们挤着跑出电影院。

街道上，行人用铁锹为自己开路。道路收拾出来不到一分钟，走着走着又没有路了——又被绿色的"波浪"盖住了。

城市像要被窒息了。

这个城市坐落在向东运动着的蝗虫的巨大渠道上。再过去就是沙地和草原，再往远走就是费尔干纳盆地的花儿盛开着的花园区。

和这意外的自然灾害作斗争的非常委员会在夜以继日地工作。必须把蝗虫消灭在这里，在城里，不让它再往前发展。但怎样才能做得到这一点呢？

通常喷洒药粉灭蝗的办法，在这儿不能采用。不能在全城撒上有毒的药粉，像压沥青人行道那样把蝗虫一批一批压死，这也不行——蝗虫会飞的。夜里，等蝗虫不动弹的时候，人们在探照灯下把蝗虫装在大筐里，运到城外消灭。各个组织都动员起来，投入了这一工作，几十辆载重汽车停在街道上，等着装满一筐一筐的蝗虫。

但这也无济于事。许多蝗虫在夜里躲了起来，太阳一出来又飞到了街道上。

天黑起来了，蝗虫的声音渐渐静息了。在城市北郊，载重汽车急不可耐地工作着。像昨晚一样，正在捕捉不动的蝗虫。

教授不让我上旅馆，带我上他家去。我来到了我的新相识——这位论硬翼昆虫著作的作者、入迷的科学家、有魅力的人的住宅里。

电话铃响了。华腊德热夫脖子上戴着餐巾，走到电话机前，拿起耳机说：

"是我……是的，是的，华腊德热夫……什么？用硫化气？……作用怎样？一般。……我说要死的！……可是人呢？人也要毒死的。……想什么办法？把蝗虫捉起来放在棚子上，用烟熏。……怎么捉？不知道。"

他放下耳机，诉苦说：

"他们对我说：'你是专家，你什么都知道。怎样消灭蝗虫，怎么拯救花园和葡萄园呢？'可我不知道，我提不出任何建议。"

又是电话铃声。

"蝗虫能烧着吗？为什么烧不着？放汽油就烧着……可以烧它吗？逮住就烧吧……在街上烧？那怎么行！城市要烧着的。蝗虫要钻到各个缝隙里去。"

我们走进教授的办公室。墙上都是玻璃抽屉。在这些玻璃"棺材"里面用大头针别着无数甲虫的干枯躯体。

对教授说来，就像对古代埃及人说来一样，甲虫都是神圣的。这些甲虫躺在教授办公室的凉爽的静寂中就像躺了几百年一样。这儿有世界所有国家的甲虫标本。它们的颜色和形状各不相同，但它们全都是人的仇敌。

有一个玻璃抽屉里收的甲虫，名称很可爱的叫作"象鼻虫"。有各种各样的"象鼻虫"——甜菜象鼻虫、豌豆象鼻虫、甘兰象鼻虫。

这儿还有名字可笑的窃虫科小甲虫："粮食窃虫""家具窃虫""家窃

虫"，或者干脆叫"蛀孔甲虫"。

这里还用大头针别着一个可恶的甲虫，教科书上叫作"白纹蛛甲"的。

所有这些蛀甲或蛛甲活着的时候想怎么损害就怎么损害抽穗的麦子、灰蓝色的大头菜叶、别墅的屋架、椅子的靠背和腿，甚至教授的收藏物。现在它们已静静地躺在厚厚的玻璃抽屉里了。

教授打亮了桌灯。绿色灯罩下面光芒四射。

华腊德热夫慢步走到门前，熄了枝形吊灯，打开了窗户。蝗虫都睡着了，没有谁来破坏教授办公室的寂静。他往椅子上坐下，沉思起来。

我决意第一个打破沉默：

"您知道我来的目的吗？的确，我还不相信会成功，但是我们好像没有别的出路了……应该开始……"

"您对我有什么要求？"

"请您提供意见，如要愿意的话请参加第一批试验。"

"我愿意吗？那还用怀疑！马上走吧！"

"好极了。可是那儿也不必去。我们就在这儿开始做试验，好吗?"

"我不明白，但是……好吧。"

我从走廊里拿来我的手提箱，打开了箱子。

没有任何特别的地方。那是反射镜的深盘，像收音机上那样的标度，小操纵杆、小手柄，我嵌入灯伞里的那种带插头的细电线，随着轻微的吱吱声，检查灯的灯眼亮了。

但我感到害怕，就像第一次安装结构不熟悉的地雷一样。经过两年的不断工作，折磨人的探索，几千次的错误，才最终来到了这个时刻。

这一时刻多长啊！房子里笼罩着一片寂静。这时，有什么东西撞了一下玻璃，掉在窗台上。

教授马上断定：

"普通的六月金龟子，五月甲虫的一种。奇怪，平常它们并不往屋里飞的。"

"它并没有错误。看来是我的实验在起作用。"我尽量平静地指出。

"干吗要一只偶然飞来的甲虫？"

"偶然？不。这也不止一只甲虫。您看！这是第二只，现在十只了。还有！还有！"

甲虫撞在墙上，在屋里乱飞。教授拿着放大镜撵着看。

"好极了！但是蝗虫在哪儿？"

"不是一下子都来，我们试一试另一个调整波段。"

几只大的黑甲虫像轰炸机吼叫似的撞进窗内。

"还不是的！"

"这是斑翅金龟子，欧洲最大的甲虫中的一种。这类甲虫不太多，一共六百来种。"华腊德热夫习惯地解释说。

"我们不需要这六百种。使用另一个调整波段吧。"

窗外传来了轻轻的窣窣声。

几百只牛虻飞进屋里来。它们像荨麻一样地蜇人的脸和手。我们害怕睁开眼睛。

教授犹豫不决地站在机器旁边，骂着。

我奔到窗户前面。

"快拧转大的手柄！"我向教授喊道，拽了一下窗上卡住的小钩，同时用袖子捂住了脸。

"往哪边拧转？"

"往右。快一点，不然会不断地飞进来。"

他猛地拧转了手柄。但我还没有把可恶的小钩曳下来。

窗户上面好像下起雨点来了。

这是一些小叩头虫。它们钻进领子里，头发里，飞进鼻孔和嘴里。

教授慌张地转动着机器的手柄。

现在往窗子里闯的是另外的甲虫：独角大甲虫、大金龟子、埋葬虫、天牛、木蠹蛾、虎甲等。有各种职能的甲虫光临到房子里。

教授放下机器手柄，拿着放大镜在房里跑着，高兴地喊道：

"多出奇的一只！阿富基新种。十节片触角虫。您听说过这种甲虫吗？"

"现在不是研究这个的时候，教授！快到早晨了，可蝗虫还没有出现。请告诉我，蝗虫的触角比斑翅金龟子的短吗？"

"不，比它的长。"

我拿了根计算尺，计算了一下子。一分钟以后，一大片绿色云彩似的蝗虫飞进了屋子。接着的事在我看来是很简单明了的了。

我们走到街道上。天蒙蒙亮了，绿褐色的蝗虫又像大海一样泛滥起来。蝗虫显威风的第三天来到了。在我们面前，一扇通往巨大的地下室的敞开着的门在亮着灯光黑洞洞的地下室通过窗栅望着街道。

我们向下走去。拱顶深深地消失在黑暗中。雾霭爬上了窗户。一片寂静。靴下的沙子在窣窣响。

我们需要找到接线。它就在这儿。

"唔，教授，蝗虫现在就要从各条街道向这儿飞来。甚至您搜集的蝗虫还可能带着大头针往这儿飞哩。"

机器打开了。反射镜对着各个窗子。头一批胆怯地飞来的是些"侦察员"，随后无穷无尽的大群蝗虫飞了进来。

带栅栏的窗子几乎只剩下上面的一点小孔了，窣窣响的蝗虫仍像瀑布似的不断涌进来。

教授站在凳子上，紧靠着墙，以茫然的惊奇神情望着从下往上越堆越高的簌簌作响的蝗虫。蝗虫像浪潮一样从门口涌进来。我们可感到气闷啦，就像陷进了全是昆虫的黏糊糊的泥塘里了。

"现在，不用您的机器也要飞来了。"华腊德热夫说。"有了领头的就行了，快些设法到门口去吧！"

可这不是那么简单的事。蝗虫像一堵绿色的墙一样挡住了我们的道路。

我们怎么走出去呢？

天花板上现出一个不清晰的四方形的小门。

"到这儿来，教授，到这儿来！把机器和凳子给我！好，就这样！您第一个爬上去。"

小门推不开。我们开始敲门。外面终于听到我们敲门，门开了，一股新鲜空气涌进了地下室。但蝗虫还在不断地爬进来。

当我们到了上面的时候，才稍稍镇静下来。我问道：

"蝗虫真的这么多吗？"

"多？不，这还是少的哩！"教授像受辱似的说。"历史上有过蝗虫多达数百甚至数千公里的情况，多得像山一样。我们要是不尽早把蝗虫消灭在它产生的地点，那么它每年要给国家造成数千万卢布的损失。这就是蝗虫的代价！……现在，让我祝贺你。现在蝗虫掌握在我们手里了。"

"这还不算完，教授。工作才刚刚开始哩。我们走吧。"

在灭蝗委员会里，晚上谁也没有睡。人们坐在野战电话机旁，脸孔有点发绿。据最新报道，蝗虫在开始往东移动。可以预料，大群的蝗虫今天被太阳光晒暖和以后，都要飞到空中去。而气象员好像故意为难似的，预报说今天是晴天。

灭蝗委员会主席没刮脸，他因没有睡觉而眼睛发红。他走到我们跟前说：

"为了你们的试验，还要做什么事？"

"腾出地下室来装蝗虫。"

"蝗虫能自动爬进去吗？"有谁用讽刺的口吻问道。

"不，我们强迫它们进去。"

"怎么？"

"一会儿你就会看到的。"

一小时以后，大的地下室都腾出来了，准备用来装蝗虫。

我们把机器架设在门口，掩盖起来等着，直到地下室装满蝗虫为止。之后，又把机器挪到另一个地下室去，至于窗子，则用护板挡上了。

这样过了整整一天。蝗虫被封闭起来了。委员会在研究最简便的消灭蝗虫的方法。

城市呼吸自由了。

我们站在开着的窗子前，心情激动地看着，经过蝗灾以后，城市又像洗涤一新了。空中只有单独行动的个别一些蝗虫了。

电车隆隆开动了，汽车也响起了汽笛。太阳从乌云里钻出来，照着惘然的，然而是愉快的行人脸上。清扫工人和消防队员在清扫人行道，用水刷洗街道。

园丁们用沙子铺撒林荫道，在花坛上种上花……

一个男孩跑到街心花园玩，惊奇地望着被啃光了树叶的树枝。他向空中扔红球，红球在阳光下一闪，活像扔到空中的爆竹。

这就是那些日子里发生的事情。

现在要讲的是，解救全城免于蝗灾的是一种什么机器。

甲虫和蝴蝶在数公里外飞着，彼此去做客。它们也没有个住址，在黑暗中停留在认为该停留的地方，像一些盲目着陆的微型飞机一样。

我似乎觉得，它们就像一些带无线电罗盘的飞机一样，在向无线电导航台的看不见的火光飞去。

昆虫事实上是怎样互相找寻的呢？

科学家们说，昆虫有一种经常使用的神秘的"第六感觉"，第六感觉是一种类似特殊嗅觉的东西。

神秘的"第六感觉"可能是昆虫用安捷那发出的无线电波。甲虫和蝴蝶的触角，希腊文就叫"安捷那"。无线电技术里的这一名称就是从那儿来的。

甲虫带着触角和"微波无线电台"飞着。

您会说："它的触角又不是电线做的。"

这不关紧要：微波可能是触角用介质发出的。

这一切当然还是假设，但甲虫和蝴蝶的"无线电台"只在飞行时才工作，则是完全可能的。因为微波只扩散在直接能见到的极限内。

我想起曾见过五月甲虫在从堑壕伸出天线的小型无线电台周围飞动的情况。它们好像是向着光飞集。光也是微波。可能是小型电台的某种很远的泛音激动了甲虫，把它们吸引到我这儿来。

在战斗的间歇期间，我画出了它们的触角，计算了波的毫米，记下了机器的详细情况。当我回到故乡的时候，"第六感觉"器官就成了我在大学的一个研究题目了。

我希望制造一个"白点"波段的强大发生器，能更早地用间接的方式接收波并且用特殊的仪器显示出来——这些仪器的功率是那么小。结果我成功了。

我想把发生器调到昆虫触角能接收的任何波段。因此我想，将要朝我一会儿飞来甲虫，一会儿飞来牛虻，一会儿飞来蝗虫。结果正是这样。

以后还有许多工作要做。

我们要在全国各地建立专门电台。有害的飞虫将要随着波从田野和花园里飞来，并且永远不飞回去了。我们的肥沃的土地、绿色的草地和花园将永远忘记存在过甲虫、蝴蝶、蝗虫这些影响植物自由生长、开花的奇怪的害虫。

微波将要从天线塔上发出。可以用强大的抽气机把大群嗡嗡叫的害虫通过管子抽到地下室里去，以后就把它们变成肥料让它们又回到地里去。

我记起来，在战争年代里，在一个潮湿的窑洞里（窑洞上面有一根细小的天线迎风摆动），我幻想在窑洞上出现一个高高的天线塔和一个小白屋。在这个小白屋里挂着一个时刻表：什么时刻消灭五月甲虫，什么时候消灭甘兰蝶。到处显示出毫米波。

但这远非一切。还应该找到蚊子、苍蝇和其他小昆虫能够接收的更短的短波。

当我们消灭全部蚊子以后，我们就可以永远不患疟疾了。苍蝇也不再来传染疾病了。它们只有一条出路——进入地下接收机的管子里。那时人们要到博物馆去才能看到有害的昆虫，就像今天要看过去分布在地球上但已绝迹的珍贵动物一样。

野蜂要带着储备芳香的蜂蜜飞到我们的蜂箱里来。发生器的波将给它们指明道路。

"欢迎之至，亲爱的朋友！你们来了，我们十分高兴！"

（何茂正　译）

科学家——大象历险记

〔苏联〕亚·贝纳耶夫

一 一位出色的马戏演员

柏林的巴斯赫大马戏院座无虚席，观众们都在迫不及待地等着"哎哟哟"的出场表演。

终于马戏场入场处的帷幕大大张开了，在观众的掌声中，"哎哟哟"走了出来——原来是一头大象，头戴一顶金线绣花、四周流苏飘拂的帽子。专门伺候大象的小个子男人开始说话了："女士们，先生们，在这里，我荣幸地向大家介绍我们著名的大象——'哎哟哟'，它身长十四点五英尺，高十一点五英尺，从鼻尖到尾巴尖共九米。"

"哎哟哟"突然扬起鼻子，在小个子男人面前挥动起来。

"呵，请原谅，我说错了。"小个子男人说："鼻子长两米，尾巴大约长一米五。因此，从鼻尖到尾巴尖共长七点九米。"

大象的出色表演博得了观众的掌声，而斯赫密德特教授却深表怀疑："骗人的鬼把戏！"

为了避免误解，小个子男人请几个观众到马戏场里，以使大家相信他并没有搞鬼。斯赫密德特和斯托尔兹一起走进马戏场。

于是，"哎哟哟"开始显示出它那惊人的智慧。在大方块的硬纸板上写好数字，摆在大象面前，它就进行加减乘除的计算，从纸板堆中选出符合计算结果的数字，毫无错误。

斯赫密德特从口袋里摸出怀表，对大象说："你说说看，现在是什么时候？"

大象突然伸出鼻子，抢过怀表，在自己的眼睛前晃了晃，又把它还给斯赫密德特，然后利用方块纸板做了回答："10.25。"

准确无误！

下一步的问题是认字。管象的人将八幅的动物图画和一些写着猴、象、猩等文字的硬纸板放在大象面前，让它找出相对应的图或字，同样毫无错误。

最后把全套字母摆在"哎哟哟"面前。这一回，它得自己挑选字母，组成一个个词，联成句子来回答别人的提问。

"你叫什么名字？"斯托尔兹教授问它说。

"现在叫'哎哟哟'。"大象回答说。

"难道你以前还有另外一个名字！以前的名字又叫什么呢？"斯赫密德特插进来说。

"聪明"。这次用字母组成的词是拉丁文。

"也许是'聪明人'吧？"斯托尔兹笑着说。

"也许"。大象语意含蓄，仿佛其中藏着一个谜。

斯赫密德特无论如何认为这只是个骗局，于是在演出后他留下来和斯托尔兹等人一同对"哎哟哟"又做了几个试验。

二　欺人太甚

科学家们让管象人荣格离开现场，开始试验。大象殷勤听话，对各种各样的问题对答如流，连斯赫密德特也半疑半信了。但是因为他固执成性，还在争论不休。

这时候，大象显然已经听厌了这种没完没了的争论。突然，大象的鼻子从斯赫密德特的口袋里掏出怀表，把表拿给他看，表针指着12点。然后"哎哟哟"把表还给斯赫密德特，用鼻子一把卷住他的颈子，把他送到出口处。其他教授们也神态尴尬地走了出去。

几个工人来到马戏场内，开始做清扫。"哎哟哟"也许是为什么事生气，也许只是因为今天晚上跟教授们第二次会见后感到疲倦了。它把布景掼来掼去，最后竟把一件布景猛地拉破了。

"当心，你这个坏蛋！"荣格对它吼叫着，并抓起一把扫帚，用扫帚把捶打大象的厚屁股。突然，大象高声叫起来，转过身，像抓小狗一样把荣格抓住，抛向空中好几次，每次都在半空中把他接住。最后，大象把他放在地上，拾起扫帚在沙上写着："你公然胆敢打我！我不是动物，我是人！"

写完以后，它丢下扫帚，挤垮了大门，走了出去。

荣格急忙向马戏院总经理斯特罗姆报告了大象出走的消息。斯特罗姆一整夜都没睡，从电话里听取情况，发出指示。从所有的报告看，"哎哟哟"没有伤害一个人，也没有搞破坏。一般来说，表现还是不错的。尽管饥饿曾迫使它去吃了菜园里的蔬菜和果园里的苹果。

早晨6点钟，荣格第二次露面时，他一身尘土，污汗满面，衣服都湿透了。原来是无论荣格用什么方式去说服，"哎哟哟"都毫不理睬，还把荣格抛到了湖里。

三　宣　战

从思想上来说服的一切打算都落了空。最后，斯特罗姆不得不采取断然的措施，一队消防队员被派到了森林中。但被水箭激怒的"哎哟哟"不仅把消防队的一些汽车丢到湖里，搞垮了守林人的小屋，并且抓住了一个警察，把他丢在了树上。以前它一举一动都很注意，现在对于自己造成的破坏会达到什么程度都毫无顾忌了。

最后警察出动了，警察局长命令他们准备封锁森林，射杀大象。斯特罗姆陷入绝望，他请求警察局长暂缓实行上述命令，局长给了他10个小时的时间。斯特罗姆召开了紧急会议。散会后5小时，森林里遍布着伪装的陷阱和捕兽装置，但这些对"哎哟哟"来说都毫无用处。

10个小时过去了，强大的警察分队越来越紧地缩小了封锁圈，并开始向大象射击。然而这头象还是冲破了封锁，摧毁了障碍物，跑得无影无踪。

四　瓦格纳挽救了局势

在警察追击大象的时候，斯特罗姆正在书房里绝望地踱来踱去。恰巧在这时候，仆人送来一封电报，是从莫斯科拍来的，会是谁呢？

"柏林，巴斯赫马戏院，斯特罗姆经理：刚看到逃象消息。请警察局立即撤销杀象命令，派仆人向大象转达：'聪明，瓦格纳即飞柏林，请回巴斯赫马戏院。'如不听从，再射杀。瓦格纳教授。"

看完电报，经理开始行动起来。他很花费了一番功夫，才说服警察局长停止军事行动，荣格立刻被飞机送去找大象传达电文。

大象果然听话地向柏林走去。瓦格纳教授和他的助手德尼索夫乘飞机先到达了柏林，见到了斯特罗姆。

瓦格纳问经理说："您是否可以告诉我怎样得到这头象的呢？您知道这头象的历史吗？"

"我是从一个名叫尼克斯的买卖椰子和椰子油的商人手中买来的。他住在中非，他说有些天他的孩子们正在花园里玩耍，这头象突然出现，并表演了各种各样的巧把戏，孩子们高兴地叫它"哎哟哟"。因为英文中这个词既表示惊奇，又含有活泼好玩的意义。我们也就沿用了这个名字。"

"这头象有什么特别突出的记号吗？"

"它的头上有一些大伤疤，可能是被捕捉时受伤留下的，所以我们用一顶带流苏的绣花帽遮住它的头。"

"那么，它肯定就是我失掉的那头叫'聪明'的象。我以前去刚果进行科学探险时捉到了那头象，训练它的就是我。可有天晚上，它走进森林，一去不复返。当我在报纸上看到这头象在马戏表演中显示出来的非凡的能力时，我立刻断定：只有'聪明'才具有这种能力。可是这头象终于起来造反了，那就说明一定有什么事让它生气，我必须来帮助它。我要和它谈谈。"

那天晚上，瓦格纳和大象见了面。大象一见瓦格纳，立即伸出鼻子跟他"握手"，并把瓦格纳卷起来放到自己背上。教授揭起大象的大耳朵，对着耳朵耳语。大象点点头，把鼻子在瓦格纳的眼前迅速舞动。瓦格纳仔细地注视着。

"它表示想休假一段时间，以便有机会把一些有趣的事告诉我。它同意休假期满后回马戏院来，但要求荣格向它道歉，并保证以后不再动手打它。"

现在斯特罗姆总算弄清楚了大象出走的原因。

第二天早上，瓦格纳教授和助手德尼索夫坐在大象背上出发了。要知道象背上有足够的地方可容纳他们两个人。

"德，"为了节省时间，教授按照以前的约定，这样称呼他的助手。"你现在的工作就是照管大象。要了解它，就得知道它的不平常的过去。这是你的前任贝斯可夫写的日记，你先读读吧。"

瓦格纳向大象的头部靠拢，打开一张折叠起来的小桌子，摆在自己面前，两手同时开始在两本笔记本写字。瓦格纳总是同时做两套动作。

"开始吧，把你的故事全部说出来吧。"瓦格纳显然是在跟象说话。象把鼻子朝后弯过来，差不多快接触到瓦格纳的耳朵，鼻孔开始喷出急促的有停顿的声音。瓦格纳左手记下象发出的讯号，右手写一篇科学论文。同时，德尼索夫很快地被那本日记迷住了。请看贝斯可夫的日记吧。

五　"林再也不会变成一个人了"

3月27日。瓦格纳教授的实验室是一个神奇的地方，里面几乎应有尽有。很明显，教授对哪一门知识都感兴趣。实验室隔壁的房间完全像是蜡像陈列馆，瓦格纳在那里"培养"人体组织，那里竟然还有一个活生生的仍在思考着的大脑。前些时，教授改变了喂养大脑的生理溶液的成分，使这个大脑惊人地生长起来。

3月29日。瓦格纳一直在跟那个大脑认真地商量着什么事情。教授要跟这个大脑交谈时，就把指头按在大脑的外层表面。

3月30日。瓦格纳对我说：那个大脑是一位年轻的德国科学家"林"的大脑，它至今仍然活着，仍能够思考。可最近它已不愿意老是静静地躺在那儿，它想听、想看、想走动。可惜的是，现在林的大脑已变得太大，任何人的颅骨都装不下，林再也不会变成一个人了。但他还可以变成一只象。林已经表示同意了。

3月31日。象的"大脑盒"送来了，瓦格纳教授通过这个大脑盒的前额部分，按纵的方向把它锯开，教授说："这是为了把林的大脑装进去，也为了以后把林的大脑转移到别处时好取出来。"

我们共同在象的大脑盒上钻了一些洞，以便使管子能通过这些洞，将营养液输送给大脑。然后，我们把林的大脑小心地装进象的大脑盒内。

现在重要的任务就是去弄一头活象了。可是从非洲或印度运一头象来，费用太贵了。因此，瓦格纳决定把林的大脑带到非洲刚果去，就在那儿做移植大脑的手术。

六　猴子玩足球

6月27日。我们一行20人历尽千辛万苦，终于到达了目的地汤巴湖畔。其中有18个人是来自一个非洲部落的向导和搬运行李的人。林的大脑一路平安，自我感觉良好。

7月2日。我们的营地连续受到狮子的威胁，但瓦格纳对狮子的吼声却好像充耳不闻，他待在帐篷里，像是在发明什么东西。今天我正在帐篷外洗漱，瓦格纳一身外出探险的打扮从另一个帐篷里出来了。他没有带枪。我注意到，他的步伐起初有点小心翼翼的，慢慢地步伐越来越坚定，最后终于像他平常一样迈出了迅速而有规律的步伐。他走上了沿着小山下去的斜坡路。走到斜坡变得陡峭起来的地方时，他举起双臂，整个身子缓缓地在空中旋转，且越来越快。他的头和脚轮流交替地变换位置，这样一直旋转着到了山脚。教授翻了几个跟头，才站起来，又迈着正常的步伐走了。

为了教授的安全，我禁不住抓起一杆枪，带着四个最聪明勇敢的土人跟在瓦格纳后面。

正走着，忽然传来一种奇怪的低沉的怒吼声，原来离森林10码左右，有一个细小的猩猩和一个灰褐色的母猩猩，一个巨大的公猩猩。那公猩猩一见瓦格纳，立刻右手按在地上一跃而起，扑向瓦格纳。

可这时，最奇怪的事又发生了！

那公猩猩在瓦格纳面前重重地撞到了某种看不见的障碍物，发出一声长嗥，跌倒在地上。而瓦格纳则像空中飞人一样在空中翻着筋斗，双手向上伸直，全身也绷得直直的。公猩猩又一次猛扑上去，一个倒栽葱，又跌倒了。根据猩猩伸出的手的位置来判断，我想这个障碍物像个圆球，这个球看不见，像玻璃一样透明、不反光，牢固如钢。呵，这就是瓦格纳教授的最新发明!

这时,母猩猩也冲了上去。两头猩猩激动地扑向那看不见的球,那球也像普通的足球一样蹦来蹦去,瓦格纳像轮子一样旋转着。终于,教授有些累了,我看到他突然弯下腰来,跌到球的底部。情况变得不利,我立刻向猩猩开了枪。那受了伤的公猩猩竟跳到我的跟前,抢过我的枪,不过它终于摇摇晃晃地倒在了地上,母猩猩赶快躲了起来。

在回去的路上,瓦格纳告诉我,这个球是用一种透明如玻璃,坚强如钢的橡胶制成的。球壳上有气孔,人进去后拉紧,一根透明的橡胶带子,把自己封闭在球内,然后以自己的体重就可以把球推向前进。

七 看不见的脚镣

7月20日。跟踪了好几天,我们终于又发现了象群的新足迹。瓦格纳从一口板条箱里取出某种看不见的东西。我在空气中摸索一番,才紧紧抓到了一根大约一公分粗的绳子。我们费了好大劲儿才把这种看不见的绳子做成圈套,摆在象群经过的路上。

夜幕降临了,象群悄悄地走来。领队的大象将鼻子向前伸着,不停地嗅着。突然,在离看不见的圈套仅有几码远的地方,领队的象停了下来,是不是它闻到了橡胶的气味?它打不定主意,又向前移动了几步,一下子陷入了第一个圈套。它拼命地向后仰,后身几乎接触地面。突然系绳子的粗树干裂开了,好像被斧头砍着了似的。大象吓了一跳,向后倒去,马上又摇摇晃晃地站起来,转身惊叫着逃走了。

瓦格纳失望地咕哝着,突然他哈哈大笑起来,显然什么事触发了他的灵感,"我们现在要做的就是要找象喝水的地方,它们不大可能再回这地方来了……"

八 给象喝伏特加

7月21日，土人们发现了森林中的一个小湖。我们脱光衣服下水，在象群饮水的地方把木桩打进水底，密密地排成一排，把湖的一小部分围起来。然后，我们把水下的这堵墙涂上一层厚厚的黏土，做成了一个饮水池。

瓦格纳在实验室里工作了几小时，最后带进来一桶液体，他说是"给象喝的伏特加"。这桶液体倒进了池中，我们都爬上树，坐在树上观察。

这时，一群野猪走向湖边，在那儿喝了很长时间。酒力慢慢地发作起来。母猪和小猪们都醉倒在地，只有那头公野猪不停地发着疯。

一群大象排成单行走了过来。那头野猪不但没有转身逃跑，反而箭一般地冲向象群。领头的象显然吓了一跳，它把象牙戳进了野猪的身体，然后把这头半死的野猪甩了下来，踩上了一只脚。于是这头野猪就只剩下了头和尾，整个身子被压成肉饼。

象群继续前进，来到湖边。头象吸了一口水，把鼻子举到湖面上，开始在水面四处探索，显然是在比较湖中各处的水味。最后，它还是带领象群喝起了"象的伏特加酒"！

一小时后，象群开始了一阵骚乱，大象们一头接一头地倒了下去。那几头没喝到"伏特加"的象，带着惊奇的神态，看着它们队伍中的这种奇怪的损失。

后来，那些清醒的象发出奇怪的声音，晃动着它们的鼻子，过了一会儿选出了新的领队的，排成单行，慢慢地离开了。

九 林变成了一头象

我们飞快地从树上下来，着手工作。土人们忙着宰杀睡着的野猪，瓦格纳和我给象做手术。瓦格纳从箱子里选出一把消了毒的解剖刀，在象的头上割开一个切口，把皮肤翻转回去，开始锯开头盖骨。

很快，他就揭开了头顶骨的一部分。瓦格纳指着象的眼睛与耳朵之间的一块巴掌大的地方说："只有打击这块小小的地方，才能把象杀死。我已经警告过林的大脑，要他特别当心这一处。"

瓦格纳很快地从象的脑袋中取出了大脑物质。但这时，这头无脑的象突然站了起来，走了几步，又摇摇晃晃地倒下来，现在它死了。

我小心地洗干净手，从我们带来的象的颅骨中取出林的大脑，递给瓦格纳。

瓦格纳将林的大脑装入死象的头盖骨中，又迅捷地缝合神经末梢，把林的大脑和象的身躯联系在一起。最后，他把象的头盖骨放在林的大脑上，用金属夹子夹紧，把皮肤还原，一针针缝好。

现在这头象就是林，林已经变成了一头象。不过缝合的神经还没有长好，它还不能动。

夕阳冉冉西沉，醉象们都醒来了，它们走到领队的头象面前，用鼻子抚摸它，用自己的语言跟它交谈。没有反应。最后，那几头大象终于走了。

瓦格纳走到我们的病人身边，他对这头象说："今天，你必须静静躺着，不过我可以让你在明天起来。"象眨了眨眼睛，表示它已听明白。

7月24日。今天，象第一次站起来了。

"恭喜！恭喜！"瓦格纳说："我们现在怎么称呼你呢？我们一定不公开你的秘密，我称你为'聪明'，同意吗？"

大象点点头。

"我们将通过哑语或摩尔斯电码交谈。"瓦格纳接着说："你可以摆动你的鼻子尖，向上摆代表一点，向旁边摆代表一划。你也可以发出声音讯号，如果你觉得那样更方便的话。现在，请你摆动你的鼻子。"

大象开始摆动鼻子，动作相当笨拙，仿佛是朝四面八方摇荡，像关节脱了位的手脚一样。

"我看你还得学会做一头象。一头真正的象知道它该怕什么，怎样对付不同的敌人，保护自己，到哪里去找食物和水。而你一点也不知道这些事。你得从经验中学习。现在，请告诉我，你现在的自我感觉如何?"

"聪明——林"开始从鼻子里喷出长长短短的声音，瓦格纳一边听，一边译出来告诉我:

"我的视力似乎不像我以前是人的时候那么好了。是的，我比以前看得远些，因为我现在高些，但视野却受到相当的限制。我现在的听觉和嗅觉倒是敏锐得惊人，我从不知道大自然竟然有这么多的声音和气味。"

聪明用鼻子把我们卷到它的背上返回了山上的宿营地。

瓦格纳告诉聪明不要离开营地，走得太远。象点点头，开始用鼻子从附近的树上扯断枝条。突然，它尖叫一声，卷起鼻子，迅速跑到瓦格纳跟前。象差一点把鼻子伸到了瓦格纳脸上。

瓦格纳轻轻地帮它把刺挑出来，提醒它以后要注意: 鼻子受了伤的象就是个残废，甚至自己不能喝水。口渴的时候，不得不泡在河里或湖里，直接用口喝，而大象通常总是用鼻子把水送到口里去的。

象重重地叹了口气，又卷起鼻子走向森林。

8月1日。今天早上，聪明没有露面。起初瓦格纳一点也不着急。一小时又一小时过去了，聪明还不见踪影。最后我们决定派一支搜索队去找它。

土人们很快发现了象的足迹。一个年老的土人说:"象在这儿吃了一点草，它一定是受到了什么东西的惊吓。嘿，这是只豹子的足迹嘛! 象就是在这儿开始跑起来啦。"

象的踪迹把我们引得远离了营地。它曾匆匆越过一片沼泽地带，后来又来到了刚果河边。我们的向导找来一条木船，于是我们过河到了对岸，但却不见象的踪影。这头象究竟怎样了？即使它仍活着，它又怎么能设法和森林中别的野兽生活在一起呢？

8月8日。我们花了整整一个星期去找象，却白操劳了一场。我们最后只得离开非洲回家去。

十　敌对的四脚动物和两脚动物

当德尼索夫读完日记时，瓦格纳又递过来了日记的续本。这就是聪明走在路上告诉瓦格纳的故事：

我并没有远离营地，只是在草地上平静地扯起青草。突然，我看到一只豹子埋伏在小溪边的灯芯草丛内，一双贪婪饥饿的眼睛狠狠地盯着我。我顿时控制不住愚蠢的恐惧感，拔腿就跑，浑身发抖。最后，我被一条河挡住了去路。我不顾一切地跳进河里，四条腿像还在奔跑一样划动起来，一直向前游去。

太阳升起来了，河上出现了一只小船，上面的白人向我开枪，我只好转身奔到岸上。

森林越来越密，藤蔓缠得我不得脱身。我已经累得要命，只好侧身躺在地上。

突然，我闻到两脚动物的气味，这是一个非洲土人身上的汗味，其中还掺杂有一个白人的气味。也许就是船上的那个白人正埋伏在一丛灌木里，手中的枪管正瞄向我那致命的弱点。

我赶快跳起来。气味是从右边传来的，因此我向左边逃。一路上，走过许多溪流、小河和沼泽地带，直至完全迷了路。

几天后的一天，我突然闻到一种新气味，说不准是人的还是野兽的。我被好奇心所牵引来到了一片森林的边缘。在那儿，我看到在一间较大的矮房子里，有几个像人的小生物在举行某种会议。他们的皮肤是浅褐色的，头发差不多是红的，身体匀称好看，但只有三英尺到四英尺高。这些有趣的景象却使我感到害怕，我知道我遇到了象的最可怕的死敌——俾格米人。他们都是出色的射手和标枪手。他们使用毒箭，一支毒箭的一刺就足以杀死一头象。他们鬼鬼祟祟地从后面爬来，抛出一面网，网住象的后腿，或者将一把锐利的小刀刺进象的脚后跟，割断腿筋。他们把毒钩、毒刺撒在村子周围。

我连忙转身就跑，霎时就听到了身后传来的叫喊声和紧紧追赶的脚步声；我迂回曲折地向前飞跑，突然我闻到一股非常强烈的象群的味道，也许我能在象群中找到安全吧？我刚跑过一簇树丛，就看到一群象躺在地上。我是背风跑去的，它们没有嗅到我的气味。听到我的脚步声，才引起一阵惊慌。领队的象没到后面去保卫象群，却第一个跳进水中，逃向对岸，只有母象设法保护幼象。

我使出全身力量跳进河里，抢在很多带着幼象的母象前面渡过河流。这种做法是自私的，但除母象外，其他的象都是这样做的。我听到俾格米人已冲到河边，巨象和矮人之间的战斗开始了。

十一　和象群在一起

我不知道那场河上之战是怎样结束的。我跟着象群一连跑了几个小时，领队的象总算停步不走了。这时，那只头象走到我跟前，用长牙戳戳我的肚皮，似乎在挑战。我只是稍稍地避开。于是，那头象卷起鼻子，把鼻子轻轻举到唇边，塞进口中，然后吱吱地叫了一声，走开了。

后来我才知道，柔和的隆隆声和吱吱声都表示满意，大吼表示恐怖，短促而尖锐的叫声表示突然受惊。就这样，我跟着象群漫游了一个多月。

一天夜晚，我担任警戒。已经休息的象群相当安静。突然远处闪现出一道火花，接着变成熊熊大火。然后在那堆火旁边，又有一些火按照一定的距离，有规律地燃起来了，把我们夹在了两排火光之间。我知道在火光夹成的这条大路的一端，猎人们很快就会开枪、叫喊，而另一端等待我们的不是陷阱，就是围栏。一般来说，当一阵喧闹声惊醒了象群的时候，它们胆怯害怕，总是朝火光、闹声相反的方向逃走，但无声的陷阱和死亡都在那儿等着它们。

我该怎么办呢？我好像打不定主意，实际上已做出了选择。我已远离了象群。

正在这时，一切如我所想的那样发生了。

我没有跟象群一起走，而是用我那人的大脑控制住自己，跳入水中。现在我的一双象腿已踩在河底的淤泥上了。我将全身潜入水下，通过鼻子来呼吸，直至猎人离开。

对于这些连续不断的恐惧和忧虑，我已经受够了，我决心要在某个工厂或农庄露面，尽一切努力要让人们相信我不是一头野象，是受过训练的。

十二　给偷猎象牙的人做事

我沿着刚果河顺流而下，虽然曾跟一头河马有过一番不愉快的遭遇，但我终于摆脱了它，一直游到勒康吉。

清晨，我离开森林，向一幢房子走去，边走边点头，可这并没有给我帮忙，在两条恶狗向我猛扑之后，又遭到了子弹的射击，我只好重新回到森林里。

有天晚上，我不快不慢地走了几小时，看到了一堆篝火，那里有两个欧洲人和一个当地土人。我一走过去，就屈膝跪下去，像一头受过训练的象低下自己的背来背东西一样。那个小个子男人一把抓起枪，打算开枪射击。就在这时刻，那个土人叫喊起来，并向我跑来：

"别开枪！这是一头受过训练的好象啊！"

这时另一个白人也同意把我留下来，以便能帮他们把搜集到的象牙运到麦萨地去。

紧挨着营火的一捆破布动了一下，一只膀子从破布里甩了出来，接着露出一张没有半点血色的脸，胡子乱得一团糟，这人显然病得厉害。他瞪着一双呆滞混浊的眼睛望着我，并向我微笑。

对于我的这些新主人，我最喜欢那个土人，他叫姆配坡，而对那个病人布朗我还不能得到确实的印象。至于另外那两个欧洲人我是讨厌透了。

十三　逃学鬼的恶作剧

有一天，那两个欧洲人考克斯和巴卡勒骑着我到几里外的一个地方去取回前几天打到的一头象的象牙。在路上，他们毫无顾忌地商量着要杀掉布朗和土人姆配坡。在他们看来，我不过只是一只拖运东西的牲口。

这天晚上，他们的谋杀计划落空了，因为布朗病已见好，晚上出去猎象，没留在营地里。

第二天一早，在考克斯和巴卡勒还睡着的时候，布朗回来叫醒姆配坡，他俩又骑着我，向森林边走去。布朗说："他们以为我病了，可我完全好了。晚上，我杀死了一头很大的象，象牙漂亮得很，巴卡勒和考克斯看了会惊奇的。"

干完剥取象牙的工作，我们动身回营地。我不愿他们被杀害，于是执意朝刚果河走去。布朗发怒了，他们用铁尖刺我的敏感的、容易发炎的颈部皮肤，后来竟拔出了枪。我只好驮着姆配坡逃走。

但是这个土人也不肯跟我走，他要获得几个月来冒险猎象挣来的自己的一份。

我也只好驮着象牙返回了营地。

十四　象牙和四具尸体

他们都睡得很早。当下弦月升到森林上空时，巴卡勒站了起来，一只手伸到后面的口袋里去摸左轮枪。我断定这也正是我行动的时候。我把鼻子尖按在地上，猛烈地喷着气，发出一种奇怪的吓人的声音，一下子把布朗惊醒了。

布朗咒骂了我一句，又转身睡去。当考克斯手拿左轮枪走近布朗时，我又一次使出全身的力量吼叫着。布朗跳起来，冲到我面前，对准我的鼻子尖打了一巴掌，我赶快卷起鼻子走开。

布朗又躺回到地上。差不多快早晨时，考克斯和巴卡勒飞快地向布朗和姆配坡跑去，同时开枪。这一切发生得这样快，不让我有一点时间来警告这两个可怜的人。

然而，布朗还活着。当考克斯俯身看他的时候，他突然支撑起身体，对准考克斯打了一枪。然后又用考克斯的尸体做掩护，向巴卡勒开了火。一颗子弹打中了巴卡勒的头，而布朗也脸朝下扑倒在地上。

十五　成功的计策

我最后到达麦萨地的时候，才第一次交上好运。

那是个黄昏，我往前只走了一百码左右，就走出了森林，一直走到一片空旷的田野，中间矗立着一幢房子。房子附近看不到人，但不远处却有两个小孩在玩丢圈圈的游戏。

我向他们走去。孩子们看见我，并没有跑开，我高兴极了，轻轻地跳个不停，做出各种表演。孩子们的胆子大了起来，我伸出鼻子，把他们放到了背上，跟这两个快快活活的白种小孩在一起嬉戏，使我高兴得心花怒放。这时一个脸色黄黄的高高瘦瘦的男人站在一边，呆呆地看着我，说不出的吃惊。

我向他作了象的鞠躬，甚至还跪下去。他摇着我的鼻子，微笑着。啊，我到底胜利了！

象的故事说到这儿就完啦！后来发生的一切对它来说是无关紧要的。瓦格纳、德尼索夫和象在瑞士的这趟旅行十分愉快。林以前喜欢访问的地方，象这次也在那里漫游，引起旅游者很大的惊奇。

"哎哟哟"目前仍在柏林巴斯赫马戏院里表演。

荣格现在对象特别殷勤有礼，照顾周到。他认为这一切都是魔鬼搞出来的。不过，他也可以自己去下结论：这头象居然每天都精读报纸，有一次还从荣格的口袋里偷了一盒单人玩的纸牌，在一只倒放着的大桶上玩了起来。不知你对这有何感想？

以上录自阿基姆·伊凡诺维奇、德尼索夫的文件。瓦格纳教授读了这篇手稿后，添上了下面这几句话：

"这一切属实。请勿将此材料译成德语。林的秘密至少不能在与之密切接触的人中公开。"

（吕爱丽　缩写）

归来的狗

〔日本〕松山祐次郎

金贺有造劳累一天后正在内客厅休息时，面前出现一个男子。此人在门口连个招呼也没打，就打开面朝院子的阳台的玻璃门，径直闯了进来。这个平常装束的中年人，怀里小心翼翼地搂着一条小狗。

"你……你是谁!"金贺惊叫起来。"哎哟，您忘了？我是犬贝呀! 曾在金望那里同您见过面。"

"噢，想起来啦。你是从院子进来的吧。俗话说盲人不怕蛇，我院子里可养着一头狮子啊。"

"嗯，我知道您养着狮子。不过只要我带着这条小露，就无所畏惧了。"

"小露？是这条狗吧。我可看不出它有什么了不起的本事。"

"这条小狗能够消灾避难。不管发生任何意外，它都不会受伤;把它扔到条件多么恶劣的地方，它也一定能够回来。"

"狗回到主人身边，那有什么奇怪的。"

"不，这条狗回来的能力与众不同。也可以说是狗中的超能者。因此，和这条狗在一起，只要它泰然自若，我也必然是安全的。"

"这条狗是怎样培养出来的呢？"金贺对此有了一点兴趣，便问了一句。

"不是偶然能培养出来的，要不止一次地把许多狗扔到很远很远的地方，然后用能够回来的狗进行交配，从而留下强力的遗传性……"

"这样的确能留下本领很强的狗，但也会遇到事故吧……"

"不，即使在运气方面，也是能够改良品种的。把许多狗关在一间小屋里，然后冷不悁地往里面打枪。这样留下的便是些交好运的狗……"

"死掉的也就谈不上留下来了。"

"总之，经过这样反复淘汰，最终培养出来的，就是这条狗的品种。其中，这条小露像是具备最强的遗传性，无论发生什么意外，都不会死亡或受伤。"

"咳，如果真像你说的，那太有趣了。是不是试验一下。"

"请！可以在它的颈圈上做好记号，把它扔到任何地方去。"

第二天，金贺命令部下把小狗扔到远离村落的深山沟里。两天后，犬贝又抱着小狗出现在金贺家里。

"怎么样，它又安全回来了。"

"行，这次把它扔到海里去。""请！"

金贺亲自抱着这条狗，乘上私人直升飞机，向海洋飞去。在完全见不到陆地时，扑通一下把小狗扔进了大海。

五六天后，仍不见犬贝到来。

"这回你瞧，还不是一条普通狗。"

然而，约摸三个月以后，小狗又安然无恙地回来了。犬贝带狗来说：

"是昨天船员给我送来的。这条狗被开往美国的货船营救起来的，据说还在美国进行了参观游览。"

"好，明白啦。再作一次试验，如能平安无事，我就按你的要求买下它。""请！"

犬贝告辞后，金贺就把小狗系在院子的树上。

"即使对付偶然事故运气好，但如有意加害……"金贺想道。

金贺去内客厅取来福枪时，才猛然想起来福枪两三日前出了故障，已经拿出去修理了。

"这种偶然性太离奇了。这也许就是运气吧……"

金贺改从库房取出以前用过的弓箭,刚朝小狗拉开弓,扑哧一声弦断了。

"嗯,事到如今……"

金贺发动全家向小狗掷东西。书童首先掷出了菜刀,正好命中系小狗的绳索,小狗一下子就逃跑了。"买下啦!"

金贺情不自禁喊出声来。他马上给犬贝挂电话。

"即使把这条小露卖给您,两三天内又会回到我这里来的,所以待以后生小狗时,再让给您吧!"

金贺给买来的小狗起名小玩意儿。

小玩意儿是条完全不费事的狗。即使去大卡车行走的马路上玩耍,也决不会被碾死。管理人忘了喂食,它可以从附近顽皮的儿童手里弄到东西。它和那些孩子们很亲近,随着他们一起去河里及海边游泳,金贺对它很少看管。因为一到晚上,小玩意儿肯定回到养主家里。

有一次,孩子们惊恐万状地跑来报告,说小玩意儿被专门捕杀狗的人带走了,但金贺毫不在意。不到一小时,小玩意儿就回来了。原来关押狗的那辆车出了闯车事故,铁笼门被打开了。

金贺是某宇宙探险计划的发起人。在探险队出发那一天,金贺去宇宙机场送行时,亲手将小玩意儿交给队长,并说:

"把这条狗当作探险队的吉祥物吧。这条狗不管遇到什么不测,都能安全无恙。再也没有比这种吉祥物更好的东西了。"

队长早已听说过小玩意儿的传闻,就高兴地接受了。金贺看着队长把小玩意儿抱在怀里,消失在气流之中。

火箭发射了。金贺放心地回到家,惊奇地发现小玩意儿已经先行到家了!

小玩意儿究竟怎样从密封的火箭中潜逃归来的呢……这成了一个永远也解不开的谜。因为探险队最终没有归来。

(姚佩君　译)

割掉鼻子的大象

〔中国〕迟叔昌　于　止

戈壁滩上的新城市

19XX年8月23日，我为了采访大戈壁国营农场丰收的新闻，来到了戈壁滩上的一个城市里。这个城市的名字可特别，叫作"绿色的希望"。在五年前出版的地图上，还找不到这么个地名·，可是现在，我已经在这个城市的中心区的旅馆里。服务员提着我的手提箱，把我引进了一个不很大的，但是布置得很精致的房间里。

"同志，路上辛苦了，先休息一下吧！"服务员给我倒了一杯水，又把窗帘拉开了。

"不，一点也不累。飞机又快又舒服。午饭还在北京吃的哩，想不到太阳还没有落山，我已经来到戈壁滩上了。"

我走到窗子跟前。"你不忙招呼我，还是先把你们的城市给我介绍一下吧！"

"对了，我想起来了，您是北京来的记者同志。"服务员笑了笑说。"请看，前面就是中央广场。广场对面那座白色的大楼是市府大厦。大剧院就在那一边，看见没有？就是那座淡黄色的大楼，还是去年国庆节落成的呢！那边是农林牧学院，就在那座小山上，有一大堆房子。百货大楼、少年文化宫、工人俱乐部，都在我们的旅馆后面。您出了大门，向右首拐个弯，就都可以看到了。"

我站在窗口上向下望。这是个什么样的城市呀，简直跟花园一样！马路又宽阔又清静，两旁的白杨树给马路镶上了两条浓绿色的边。每一个十字路口都有个白石砌的花坛，美人蕉、大理菊，五颜六色，开得正热闹。向远处望，茂密的树林像一片绿色的海洋。一座又一座的崭新的大楼，像海岛一样，浮在绿色的海洋上。这里不是戈壁滩吗？我在一本古老的地理书上看到，说这里黄沙连天、寸草不生。谁想得到今天的戈壁滩……

突然，一阵孩子的叫喊声打断了我的沉思。

"看大象去呀！看大象去呀！"

从马路的那一头，涌过来一大群孩子。他们一边喊，一边跑。许多大人跟在他们后面。

"什么？大象？哪儿有大象？"我问。

"不知道。我们这儿从来没有见过大象。"服务员回答。

"可能是动物园新到了大象。"我说。

"不会。这儿什么都全了，就是还没有动物园。"服务员回答。

街上的人愈来愈拥挤了，男的，女的，老的，小的，都朝着一个方向跑，真像过节日游行一样。到底是怎么回事呢？我真想不透。

"我得去看看！"

我一边说，一边跑出了房门。

割掉鼻子的大象

我挤到了人群里，拉住了一个红领巾问：

"上哪儿去呀，小朋友？"

"车站去！车站到了一大队大象哩！"

"大象？哪儿来的？"

"不知道。"他一边走，一边回答。

"来干什么？"

他不回答我，却指着前面叫：

"看哪，看哪，那不是来了吗！"

前面的人让开路来，大家都退到人行道上。可不是吗，十几只大象排成一队，在慢吞吞地走过来。

"都是一色的大白象呀！"一个孩子叫了出来。

是呀，这种白里透红的大象，连我也没有看见过哩。北京动物园里大象都是灰色的。看呀，它们慢慢地愈走愈近了。又粗又短的腿，咚咚咚地踏在水泥路面上，两只大耳朵一扇一扇。胆小的孩子都把身子紧紧靠在大人身上。

"呀，奇怪！"站在我跟前的一个小女孩突然惊讶地叫起来，"这些大象怎么没有长鼻子呢？"

经她这么一提醒，我也奇怪起来了。这群大象的鼻子都像割掉了一样，只看见两个黑洞洞的朝天鼻孔。还有奇怪的呢！……我不禁也叫了出来：

"咦！这些大象的牙到哪儿去了呢？"

"一定是亚洲母象，动物书上讲得很清楚，亚洲母象是没有象牙的。"旁边的一个男孩子说。

"不，"小女孩说。"我想它们可能是演马戏的。为了怕发生危险，所以把长鼻子和象牙都锯掉了！"

"谁说是演马戏的！"

大家回头一看，说话的原来是骑在最后一头大象上的一个男人。他挥了挥鞭子，又说：

"它们是国营农场的。"

"国营农场的？农场养大象干吗？"一个抱小孩的女人问。

"一定是耕地用的。"一个老公公说。"古书上就说过，在四千多年前，我们的祖先曾经用大象耕地。"

"国营农场有的是拖拉机，还用得着大象？"小女孩说。

疑问一个接着一个。割掉鼻子的大象队伍慢慢地走过去了，我带着一连串疑问，回到旅馆里。

一封请帖

走到房门口，服务员同志递给我一封信：

"同志，您的信。"

我坐下来，把信封拆开，里边是一张请帖：悦森同志：

知道你要到我们的农场来采访，我非常欢迎。明天早上，我准备了一个奇迹来招待你。"

李文建

9月23日

李文建！真没有想到，他原来在这儿。自从中学毕业分了手以后，我跟他就没有见过面。他是多么有趣的一个人呀。在中学时代，我俩都喜欢数学，喜欢物理，都参加了"巧手小组"。那时候，我俩几乎每天都有新的幻想。有些幻想是实现了，凭我们自己的两只手。举例来说吧，我们就做成了一个只有手表大的半导体收音机。冬天把它安在毛皮耳罩上，戴着倒是挺舒服，不但能听广播，还管预防耳朵生冻疮。也有些幻想落了空。有一回我们想：为什么不能给双轮双铧犁安一个马达呢？我们就动手做了一个不太小的模型，也能走，可是犁头一插进泥里，轮子就只会打空转，再也走不动了。

后来我们快毕业了，我问他：

"李文建，你考上了大学念哪一科？"

"畜牧！"他好像早考虑停当了。

"畜牧？"我挺奇怪。"你不是最喜欢数学和物理吗？"

"畜牧就用不着数学和物理吗？"他反问我一句。"那么你呢？"

"进新闻系！"我其实也早就考虑停当了。

"新闻系？好，将来当记者，当编辑。可对你来说，数学物理可真用不着了！"李文建很惋惜地说。

"我才不这么想哩！看看报纸上吧，数目字和物理名词不是愈来愈多了？"这是我的回答。

后来我们就分别了，从没有见过面。这一段对话，却至今还在我的耳朵边上。我的话，我在自己的工作里边得到了证实；尤其在采访工业新闻的时候，数学和物理的基本知识的确帮了我不少忙。可是搞畜牧到底用不用得着数学和物理呢？这回见了面，我得好好地问他一问。还有哩，方才看到的大象不就是国营农场的吗？我倒要代那些可怜的大象质问这位聪明的畜牧专家：为什么要把它们自己最爱惜的鼻子连同象牙一起割掉了？——我知道他的脾气，这一定是他出的主意。

指象为猪

"北京人"牌子的小汽车把我送到大戈壁国营农场畜牧科的办公室门前。

办公室的玻璃门推开来了，走出来的正是李文建。他张开了两只臂膀说：

"欢迎，欢迎，记者同志，我的老同学！"

来不及让我说话，李文建就把我紧紧地拥抱住了。他仍旧是那个老样子：热情、爽朗。

我几乎透不过气来，也不知道是太高兴了呢，还是他抱得太紧了。好一会儿我才挣脱了他的手臂，说："真想不到……"

"哈哈，想不到的事情多着哩！想不到戈壁滩上的早晨，空气会这样清新；想不到所谓黄沙连天的戈壁滩，会到处是一片希望的绿色；更想不到在这充满了奇迹的戈壁滩上，今天还会出现什么样的奇迹！"

"什么奇迹？"我记起了他给我的请帖。

"我们的相遇不就是奇迹吗？哈哈！我到这儿才不过一个月，而你，恰巧也赶到这儿来了！？"

"我到这儿来的任务是……"

"你是记者，很明白，你的任务是采访新闻。我呢？也很明白，我是搞畜牧的，我的任务当然离不了喂牛，喂猪，喂羊。这么多年不见，咱俩本该谈谈家常。可是咱们还是先公后私，先让你的任务和我的任务结合起来。来吧，你不想采访一下我们的最新的工作成绩吗？"

李文建拉着我走过草地，来到一个大棚子前面。这个大棚子，样子有点儿像飞机库，单是一扇大门，就有四米多宽，五米多高。李文建一按电钮，这看去像钢板一样结实的大门，忽然像又薄又软的绸缎一样，立刻卷上去了。

"真是奇迹！"我不由得说。

"你说的是门吗？"李文建说，"这算不得奇迹。这门是用'塑胶908号'做的。这种塑胶可以压成纸一样的薄片，软得可以卷起来，轻得几乎没有重量，可是又硬得连美洲野牛的角也顶不透。用来做牲畜棚子，真是再合适也没有了。这个大棚子的屋顶、墙壁、门，全部是用'塑胶908'做的。我们特地采用了这种材料，为了节省屋架的钢料。"

"这就是你所说的最新的工作成绩吗?"我问。

"不是,不是。"李文建笑笑说,"你忘了吗?我的专业是畜牧,不是建筑师。当然,有时候也不得不兼顾一下,但是算不得什么成绩。我们的新成绩在棚子里面呢!请进去吧!"

一走进门,我们被一垛白里透红的肉墙给挡住了。

只见一个又粗又短的尖尾巴,在我的鼻子前面晃来晃去,扇起了一阵不小的风。

"看吧!这才是我们的新成绩,昨天才运到的。"李文建说。"跟你说了吧,我到这儿来的任务,就是在这戈壁滩上大量繁殖我们培育出来的这个新品种!"

"哈哈!"我笑起来了。"对一个新闻记者来说,这可不是新闻了。我早知道,这就是割掉鼻子的大象!"

"割掉鼻子的大象?"李文建诧异起来。"谁给起的这个古怪的名字?你难道没有看见木牌上写的吗?"

我抬头一看,木牌上写着一行大字:

白猪——奇迹72号

"哈哈,割掉了大象的鼻子就当猪,这就是你的新成绩吗?"我笑着说,"古时候有个赵高,'指鹿为马',原来今天还有你这位'指象为猪'的专家哩!"

"多愚蠢的笑话。我倒要向你提个意见。"李文建突然严肃起来,"像你这样粗枝大叶,是不适宜做新闻记者的。还是仔细观察一下吧,我的犯急性病的记者同志!"

正说话间,那个大家伙转过身子来了。他的面貌,虽然我昨天已经领教过了——两个黑洞洞的朝天鼻孔,两只眯着的小眼睛,大耳朵一扇一扇地,像两把大蒲扇——可是经李文建一提,这面貌与其说是大象,真不如说是猪。大象的额角要宽得多,两只眼睛要离得远些,再说,鼻梁上也没有这么多的皱纹。但是主要的不同，当然是这家伙没有长鼻子，也没有象牙。我正在将信将疑，它忽然鼻子一掀，发出一阵"呼噜噜"的声音。这声音分明是猪的鼻息，不过比普通的猪要响上七八倍。我不由得倒退了两步。

李文建笑了出来："害怕了吗？放心吧。它是猪，不会像大象那样地突然发起脾气来。你不信的话，再看看它的脚吧！"

我低头一看，果然不错，分明是四个大猪蹄子，只不过比例不大相称，显得又短又粗。可是绝不是大象那样的直统统的筒子腿。

在事实前面，我不能再怀疑了：

"我承认，的确是猪！真是个奇迹！猪怎么会变得大象一般大的呢？"

"说来话长。我们且回到办公室里，坐下来慢慢地谈吧！"李文建说。

奇迹离不了科学

"我想，"我坐在沙发上，呷了一口加蜜糖的红茶说，"你们的'奇迹72号'，一定是大象和猪杂交的新品种。"

"杂交？当然，要培育新品种必须利用杂交。"李文建说，"但是要大象和猪交配，目前似乎还有困难。所以我们用的，是咱们中国最优良的四川白毛猪和乌克兰白猪交配的杂种；同时还采用了许多别的方法来改变杂种的体质。中学时代学的解剖生理学，你大概还没有忘记吧？"

"当然不会忘记。"我一向是以我的记忆力自豪的。

"那么你应该记得，脑髓下面有一个内分泌腺……"

"叫脑下垂体。"我抢着说。

"对了，叫脑下垂体。这个内分泌腺的功能是……？"他好像故意要考我一考。

"它的前部分泌一种促进生长的刺激素。有的人脑下垂体特别发达，分泌的刺激素多，个儿就长得又高又大。我看到过照片，几乎比普通人高出半个身子。"

"对了，我们走的路就是想法子刺激杂种幼猪的脑下垂体，促使它特别发达。开头，我们把各种各样的化学药品喂给猪吃，还给猪注射，结果全没用。后来我们找到了一个物理的方法，就是用一种一定波长的电波来刺激猪的脑下垂体。果然有效，杂种猪的个儿果然一代比一代长得大。如果你把'奇迹72号'解剖开来看，它的脑下垂体就有桃核那样大，足足有三克半重，比普通的猪的大上七倍多。"

"原来是这样！"我连连点头。"可是我还记得，脑下垂体特别发达的人，个儿固然长得高大，智力却要差一些。"

"这一点你倒不必顾虑！"李文建笑了笑说，"我们喂的是猪。我们宁可它长得肥一点，却并不希望它聪明过人、个儿却长得像瘦猴儿一样。问题倒在另一方面，猪的脑下垂体受了电波的刺激，是特别发达了，刺激素的分泌也大大增多了，猪的个儿也愈长愈大了，长里、阔里、高里，都比普通的猪大了五倍。普通的猪一头是百来公斤，'奇迹72号'长足了，一头就有十二吨半——一万二千五百公斤。小的时候，它还能到处乱跑。可是它长得很快，一天要长四五十公斤。愈长得大，它就愈不能动弹。最后就像一大堆肉，瘫在地上，说什么也站不起来。还动不动就把骨头给折断了。一转身，就折了脊梁；一抬头，就折了颈项。"

"这是什么缘故？"

"哈哈！这是个挺简单的算术题。"

他用食指在茶杯里蘸了一下，在大理石桌面上写了两行算式：

$5 \times 5 \times 5 = 125$

$5 \times 5 = 25$

然后指着算式说：

"看吧！猪的长里、阔里、高里，都是原来的五倍，它的体重就是原来一百二十五倍。可是骨头的粗细呢？讲粗细只能算长里和阔里，因此只有原来的二十五倍。二十五倍粗的骨头，怎么担负得了一百二十五倍的体重呢？结果，猪本身的重量就变成了它自己的致命伤。那是我们事先也没有预料到的。"

"那就得使骨头的粗细再加大五倍。"

"我起先也是这么个主意。可是常言说得好：'喂猪吃肉'，猪骨头要它长得这么粗，有什么用处呢？所以我想，应该使猪的骨头长得更加坚韧。在这方面，我们采用了一系列的办法。我们在猪的饲料里加进一种新的化学药品，里面含有特别容易吸收的磷和钙，我们叫它做'强骨素'。我们还经常给猪照射紫外线，使它的骨骼长得特别健壮。更重要的，我们还用电波来抑制某些部分的生长。譬如腿吧，就抑制它，不让它长得太长，因为愈长愈容易折断；而是尽可能让它长得粗一点，粗了顶得住重量。我们还让它锻炼，教它跑，教它跳。足足经过了四年，'奇迹72号'白猪才培育成功。你方才不是看到了吗，它们都站得四平八稳，就像你所说的大象一样。昨天从车站到农场，十来里路，它们还是自己走来的哩！"

"这个场面，我倒亲眼看到了。真是个奇迹，了不起的创造！"我不住口地称赞。

"可是，奇迹离不了科学！"李文建严肃地说。

"是呀，科学创造了奇迹！我倒想起来了，你们的'奇迹72号'倒有点像《西游记》上的猪八戒。猪八戒在驼罗庄为了要拱开山路，拈着诀，摇身一变，就变成了一头百来丈高的大猪……"

"这是不真实的。"李文建打断了我的话。"第一，猪不会思想，更不会要求自己的身子愈长愈大。第二，即使它有这样的要求，也无济于事。你难道忘记了，动物体质的改变是由于受了环境的影响，并不是由于它主观的愿望。"

"当然不会忘记。"我立刻声明。"你还没有听我说下去呢：猪八戒变成了大猪，驼罗庄派了七八百个人，三四百头牲口，不停地给他做饭送饭。我想'奇迹72号'长得这样大，食量一定也不小。"

"的确不小。可是跟它长的肉比起来，饲料还是省得多。温血动物吃下去的食物，有许多消耗在维持体温上。个儿愈小，体温发散得愈快，消耗在维持体温上的食物也就愈多。我还要举老鼠做个例子。五千头小老鼠只有一个人那么重，可是五千头小老鼠的粮量，却是一个人的十七倍。你看老鼠有多么可恶！为什么它要吃这么多呢？就因为老鼠的个儿小，体温发散得快。反过来说，个儿愈大，体温发散得愈慢，消耗在维持体温上的食物就相对地减少。所以'奇迹72号'虽然比普通的猪大了一百多倍，饲料却只要加多五十倍就足够了。"

丰盛的午餐

李文建留我在农场里吃饭，他一定要我尝一尝他们的"奇迹72号"。

我们走进食堂，在靠墙的一张小桌子旁边坐下来。桌子上放着一盆菊花，淡绿色花朵闪闪地放着银光。还有一个大盘水果：小西瓜一样大的苹果，牛奶色的葡萄；最奇怪的，还有皮是完全透明的橘子，好像包着一层玻璃纸，可以看见里面黄澄澄的一片一片的瓤子。

李文建一按桌子边上的电钮，墙上的小窗立刻打开了，推出一大盘子来，窗立刻又自己关上了。我一看盘子里，大碟小碗，全堆得满满的：炸猪排、熘丸子、坛子肉、炖猪蹄、炒肝尖、拌腰花、熏猪脑、猪尾汤——原来全是"奇迹72号"的成品。

"今天早上，我们特地宰了一头'奇迹72号'。"李文建说，"一半是为了招待你。新闻记者嘛，不光是要用眼睛用耳朵来采访，有时候还得用一下鼻子、舌头，甚至于牙齿。还有一半是为了坚定这个农场里的饲养员的信心。昨天'奇迹72号'才运到，有些人看了说：这样大的猪，它的肉一定连咬都咬不动了。好吧，到底如何，就请你来尝一尝吧！"

我咬了一口炸猪排，肉比童子鸡还来得嫩，又是酥，又是脆。我从没有吃到过这么好的猪肉，就贪馋地咬了第二口。

"'奇迹72号'绝不是老母猪。"李文建好像是跟谁在争辩。"虽然它个儿长得大，可是不要忘记，它还是一头小猪，年纪并不大，生下娘胎来还不到十个月哩。它的每一个细胞就是很年轻的，不但吃起来又细又嫩，还营养丰富，容易消化。味道不差吧？我的新闻记者同志！"

我嘴里塞满了肉，舌头都转不过来了，只得狼狈地点了点头。

大鲸牧场

〔中国〕迟叔昌

空中钓鱼

"一条，两条，三条……"我低着脑袋，数小铁桶里的鱼。

从大清早起，我们兄妹俩就坐在这岩石上钓鱼了。今天这海湾里的鱼真听话，一下钩就是一条。到底钓到多少了呢？"七条，八条，……"我得仔细数个清楚。没想到妹妹突然大叫起来：

"哎呀！哎呀！那是什么呀！"

我抬头朝妹妹指的方向瞥了一眼，原来是一架直升飞机在贴着海面飞。

"嗨，"我不由得埋怨起来，"直升飞机么，有什么值得大惊小怪的。你这一喊，就把我给打乱了。"

我低下脑袋，只好从头数起："一条，两条，三条，……"没想到妹妹又大叫起来：

"哎呀！快看哪，飞机在钓鱼哪！"

我抬头一看，那直升飞机停在离海面四五丈高的空中，肚子底下挂下一条很粗的绳子来。

"哪有用飞机钓鱼的。"我真有点不耐烦了。"准是演习海上救护——搭救落海的水手。你别再打搅我了，我的好妹妹！"

"不，不，是钓鱼。"妹妹拉着我的膀子，非叫我看不可。

妹妹的眼光到底比我敏锐：绳子从海里拉起来了，头上吊着个黑糊糊湿淋淋的东西。是个大水雷吧？不，那黑东西还晃里晃荡地在扭动着身子呢！分明是个活的。

我和妹妹都看得发呆了。一会儿，直升飞机朝海岸飞过来了，绳子头上吊着的东西越来越清楚了。嘿，真是一条大鱼。

"走，咱们看看去！"我提起水桶，妹妹拿起鱼竿，就跟着直升飞机跑去。

野鲸和家鲸

直升飞机落在一带围墙后面。围墙上有扇小门正好开着，我们两个不管三七二十一，就闯了进去。

围墙里面是个大广场。一条大鱼，不，这回我看清楚了，地地道道是一条大鲸，躺在广场中央。直升飞机就停在大鲸身旁。驾驶员叔叔刚走下飞机。他看见我们兄妹俩提着水桶，拿着鱼竿，就亲热地招呼我们："小朋友，你们来钓鱼吗？咱们倒是同行哩！快来瞧瞧我钓的这个大东西！"

驾驶员叔叔一边说，一边把挂在大鲸嘴上的鱼钩摘下来。这钩可真吓人！足足有我的大腿粗。妹妹半信半疑地问：

"叔叔，你的这鱼钩这么粗，怎么往上面穿蚯蚓呢？"

"哈哈！蚯蚓！"驾驶员叔叔笑得很开心。他指指旁边的一个大玻璃缸，说："看，这就是钓大鲸的蚯蚓。"

"这叫什么蚯蚓呀！"妹妹噘起了小嘴说："天下没有这么粗的蚯蚓。再说，蚯蚓身上光溜溜的，也没长这么多的疙瘩。"

妹妹说得对，玻璃缸里的不是什么蚯蚓。她说的疙瘩，分明是一种什么动物的腿上长的吸盘。

我立刻想起来了，抢着说：

"叔叔别哄人了，这是章鱼，八脚大章鱼！"

"对，你说得一点也不错。"驾驶员叔叔称赞我说。"要知道，我钓的是抹香鲸，不是你们桶里的那号小鱼。抹香鲸可喜欢吃大章鱼哩，钩子一放下水，它们就围拢来抢。今儿我已经钓了六条大抹香鲸了！"

"六条！"我吃了一惊。因为我听说过，抹香鲸生长在热带海洋里。我忍不住问，"这儿怎么也有这许多抹香鲸？"

"多得很，非常多。"驾驶员叔叔笑着说。"我们才从南海牧场赶回来了一大群。"

"牧场？"我更吃惊了。"牧场上全是牛呀羊呀的，哪儿来的抹香鲸呢？"

"哈哈哈哈哈！"驾驶员叔叔笑得多么得意呀。"我们的牧场可是专放的是大鲸，就跟放牛羊一样。当然啰，放牛放羊，得上大草原；这大鲸，可得放牧在汪洋大海里。"

"叔叔又要哄人了，"妹妹又噘起了她的小嘴。"大鲸怎么能放牧呢？"

"是件新鲜事儿呀！"驾驶员叔叔一点也不生气，还挺高兴地给妹妹解释。"小妹妹，你不知道吗？在很古很古的时候，牛呀羊呀，都是野的。咱们的祖先把野牛野羊捉了来，把它们驯服了，它们才成了家畜。这海洋里的大鲸，本来也是野的。咱们就不能把它们养成家鲸么？"

"这有什么好处呢？"我真有点不明白。

"好处多得很哩！"驾驶员叔叔把碗口粗的尼龙钓索摔在一边。他在滑溜溜的抹香鲸的尾巴上坐了下来，说，"大鲸一身都是宝，皮，油，肉，内脏，骨头，没有一样没有用处。从前，各个资本主义国家，每年不知道要在海洋上杀死多少大鲸。生物学家再三呼吁，要大家保护大鲸，至少在它们生育的季节不要捕杀，否则大鲸就要灭种了。资本主义国家哪管这一套。它们只顾赚钱，仍旧一年四季滥捕滥杀。有一种美人鱼，就是这样灭的种……"

"什么美人鱼?"妹妹眯着眼睛问。

"是一种小型的鲸,书上管它叫儒艮。"我赶紧说。我怕妹妹打断了驾驶员叔叔的话。

"对,"驾驶员又点头夸奖我了。"你的知识倒满丰富。你们想,咱们社会主义国家怎么能让大鲸灭种呢?所以我们把大鲸管理起来,按时赶到海洋上去放牧,让它们多多繁殖,好好生长。然后每年根据人民的需要,宰杀一定数目的大鲸。你们说,这不跟养牛养羊完全一样吗?野生的大鲸不就变成了家鲸吗?"

"真是个好办法!"妹妹拍了拍手说。"这样一来,大海就变成了咱们养大鲸的大鱼池了!"

"这话你可说错了,小妹妹。"驾驶员叔叔说。"海洋是大鲸的牧场,不是鱼池。因为大鲸不是鱼,它跟牛羊一样,是……"

正说到这里,我只觉得身子一摇晃,脚底下的地皮忽然动起来了。妹妹一个趔趄几乎摔了一跤。我赶忙一把扶住她……

大鲸解剖室

原来我们站在一条好几丈宽的传送带上。传送带把抹香鲸,连同驾驶员叔叔和我们兄妹俩缓缓地送进了一扇大门。

"小朋友,"驾驶员叔叔说,"这里是我们的'大鲸综合加工厂'。你们想参观一下吗?"

"好!好!"我和妹妹都高兴得跳起来。

"可是我们的工厂大得很哩,有食品车间,有炼油车间,有纺织车间,有皮革车间,……走一转也得花大半天工夫。我看这么办吧,对面是宰鲸车间,左边是成品车间。你们自己挑,看参观哪一个。"

一有选择的余地,我们兄妹俩意见又合不到一块儿了。我要看宰大鲸，看看大鲸的五脏六腑是个什么样子。妹妹偏说开膛破肚没有什么好看，她要看看大鲸到底有什么用。驾驶员叔叔看我们争执不下，就对我说："这也好办：你随着传送带去参观你的，我带你妹妹上成品车间去，不就成啦！"

驾驶员叔叔带着妹妹走了。这时候，脚底下的传送带又缓缓地动起来，把抹香鲸和我，一同送进了对面的一扇大门。

奇怪，这宰鲸车间里没有一个工人。只见从上面挂上来一个大铁钩，钩住了抹香鲸的下颚，把它吊了起来，然后让它肚皮朝天，仰躺在一个篮球场一般大的平台上。一把雪亮的大刀从前面伸过来，在抹香鲸的肚子上抢了一条口子。两旁又伸过来许多小铁钩，钩住了刀口往两边一扯，剥开了寸把厚的鲸皮，露出又白又滋润的板油。又有十几个小铁钩钩住了板油，只一拉，就把几寸厚的比乒乓球桌子大几倍的板油扯了下来，送到另外一条传送带上。抹香鲸的五脏六腑，现在看得清清楚楚了，其实跟开了膛的大肥猪没什么两样。

刀子钩子都自己在动，比拿在人手里还来得灵活。我走上两步，想看个清楚，忽然头顶上有个声音在喊："小朋友，小心危险！请站远一点儿！"

我急忙退了回来，抬头一看，原来高处有一间小小的玻璃房子，几个工人叔叔在那儿聚精会神地操纵着机器哩。他们的双手怎么动，下面的刀子和钩子就怎么动，跟直接掌握在他们手里一样。玻璃房子的门外挂着块小牌子，上面写着："机械手操纵室。"哦，原来这里用的是机械手。

工人叔叔工作得越发紧张了。只见无数把大大小小的刀子和钩子一齐动起来，看得我眼花缭乱。肋骨给砍断了，肺脏和心脏给吊到一边去了；肝脏给割了下来，肠子跟着也给吊了起来；只一会儿工夫，抹香鲸的内脏都给挖空了。整张的鲸皮也被剥了下来，又割下来一大块一大块雪白的鲸油、鲜红的鲸肉。最后剥下一副空骨骼，好像一座没有盖瓦的屋架似的，被传送带送出车间去了。

数不清的礼物

我走出宰鲸车间，驾驶员叔叔带着妹妹，正好从对面走过来。妹妹的两只手上，又是罐头又是纸包的，捧了一大堆东西。她兴高采烈地喊我：

"哥哥，哥哥，你快来看哪！工人叔叔送了我们这么许多礼物。"

都是些什么礼物呀！我急忙迎上去看。嗨，光是罐头食品就有七八种，罐头上写着："红焖鲸舌"、"清蒸鲸肉"、"鲸肝酱"、"酱鲸心"……还有一瓶"鲸肝油"，一袋"鲸肉松"。还有化学用品哩，一块"龙涎香皂"，一瓶"龙涎香脂"。

驾驶员叔叔打开"龙涎香脂"的瓶盖儿，把它送到我鼻子前面：

"你闻闻，这香皂香脂，都是用鲸头油做的，还加上了龙涎香。"

香脂倒是挺好闻的，一股清香直冲我的脑门。可是这"龙涎"是从哪儿来的呢？"

"叔叔，龙涎不就是龙的口水吗？"我问。"生物书上说，古代的恐龙早就灭种了。"

"哈哈，"驾驶员叔叔笑了。"这句话你可说错了。龙涎香是龙的口水，是从抹香鲸的肠子里取出来的一种名贵的香料。"

想不到抹香鲸肠子里还有这么香的东西，我拿起香皂来又闻一闻。

"哥哥，哥哥，这儿还有呢！"妹妹用撅着的小嘴指指她的口袋，她两只手捧了这一大堆东西，动不了啦。

我伸手到她口袋里一摸，掏出两件小玩意儿来，是两条三寸长的小鲸。

"工人叔叔说，一条送给我，一条是送给你的。"

这两条小鲸颜色跟雪一样白，像是塑料做的，不，塑料没有这样光润，一定是玉石，也不，玉石不会这样轻，……

"是象牙雕的吧？"我问。

"错了！"驾驶员叔叔说。"我们厂里用的原料，没有一样不是大鲸身上的。这是鲸须。"

鲸须？多奇怪呀！我急忙问："大鲸还有胡须吗？我方才怎么没看见？"

"你方才看到的是抹香鲸，它是一种齿鲸，只有牙齿，没有鲸须。还有一类须鲸，嘴唇里面长着一排硬胡须，好像栅栏一样。这两个小玩意儿就是用最大的须鲸——蓝鲸的胡须雕成的。"

"哥哥，你再看看我脖子上和脚上。"

我怎么没注意到呢！妹妹脖子上围着一条漂亮的毛围巾，脚上还换上了一双黑丝绒似的皮鞋哩。不用说，这皮鞋一定是用鲸皮做的。可是这毛围巾呢？大鲸的身上都是光溜溜的，从来没见过长毛的大鲸呀！

"你想不到吧，"驾驶员叔叔好像猜到了我的心思，"这毛围巾也是鲸皮做的。我们把零碎的鲸皮制造成人造羊毛，不，应该说是鲸毛，织出了许许多多漂亮的料子。"

对着这么多的礼物，我真有点不好意思。我说：

"妹妹，你怎么都收下了。我看你要把整个工厂都搬回家去了。"

"整个工厂？哈哈！"驾驶员叔叔又得意地笑了。"小朋友，你真是小看我们的工厂了。要是把我们厂的产品，每一种都送你们一件，你们开一辆大卡车也装不走呀！要说像鲸油啦，鲸蜡啦，鲸骨粉啦，还有药品，香料，机器零件，工业原料，你们带回去也没有用处。"

"真没想到，大鲸能制造出这么许多东西来！"我懊悔没去参观一下成品车间。

"至少有上千种。我不是说过了吗，大鲸一身都是宝。"

"就跟大肥猪一样。"妹妹忽然接上一句。

"肥猪哪能跟大鲸相比呢？"我赶紧纠正她。"一头肥猪有多重？至多不过四五百斤吧！一条大蓝鲸，光说油就有……就有……"

就有多少斤呢？我也说不上来。亏得驾驶员叔叔帮了我的忙：

"两万斤。至少要两辆大卡车才拉得走。"

挤　鲸　奶

驾驶员叔叔看了看手表，对我们说："到时间了，我得去挤鲸奶了！"

"鱼也有奶吗？"妹妹睁大了眼睛问。

"傻瓜，"我有点生气了。"叔叔不是才说过吗：大鲸不是鱼。它们虽然在海洋里生活，却跟牛和羊一样，也是哺乳动物。你知道什么叫'哺乳动物'吗？"

妹妹看着我，眼睛睁得更大了。

"嗨，"我真没想到妹妹这样缺乏常识。"小鲸生下来了，跟牛和羊一样，也是吃妈妈的奶长大的。它没有鳃，也用肺呼吸。鱼可不是这样，它们用鳃呼吸。小鱼从卵里孵了出来就独立生活，因为大鱼没有奶给它们吃。"

"你说得很对，"驾驶员叔叔笑着对我说。"可惜你不是个有耐心的好教师。好吧，你们想不想跟我去挤鲸奶？"

"真的吗？快带我们去吧！"我和妹妹高兴得又蹦又跳。这样的新鲜事，谁不愿意去开开眼界。

驾驶员带我们兄妹俩走到海边，乘上一艘用透明的塑料做的小船。没想到这位飞机驾驶员还会开船哩！他坐在操纵台前，按下一个电钮。奇怪，我只觉得身子直往下沉，向透明的塑料壁外面一望，只见各种各样大大小小的鱼在上下四周游来游去。啊，我们乘的原来是一艘潜水艇哩！

潜水艇贴着海底向前航行。周围是绿茵茵的海水，长在岩石上的海带随着晃动的海水摇曳飘荡。忽然游过来一群小虾，亮光闪闪，好像无数星星。两条乌贼从旁边溜过来，想吃小虾，没料到上面突然窜下来一条鲨鱼。乌贼回过头，喷出了一大口墨汁。海水霎时间搞得一团漆黑，什么也

127

看不见了。

我和妹妹都看呆了，在水族馆里，也没有见过这般新奇生动的景象。这时候，潜水艇慢慢地上升了。驾驶员叔叔说：

"你们听，咱们这潜水艇是电动的，开起来几乎没有一点儿声音，决不会让大鲸受惊。看，前面就是我们的乳鲸场了。"

我只见头上黑压压的，好像一朵一朵乌云在浮动，原来已经来到大鲸的肚子底下了。驾驶员叔叔又按下另一个电钮。透过透明的塑料壁，我看到潜水艇头上伸出一条透明的塑料管来。塑料管的头在一条大鲸的尾巴前面撞了一下，只见大鲸的尾巴前面立刻喷出一股雪白的奶汁，直喷进塑料管头上的喇叭口里。

"你们看，"驾驶员叔叔说。"我们完全模仿小鲸吃奶的动作。母鲸的乳房就在尾巴前面，可是没有奶头。小鲸吃奶的时候，只要头对着母鲸的乳房一撞，奶汁就喷到小鲸的嘴里来了。"

奶汁顺着塑料管，源源不断的流进我们旁边的透明塑料奶仓里。驾驶员叔叔扭开奶仓上的龙头，放了两杯鲸奶给我们兄妹俩喝。这鲸奶可浓啦，喝在嘴里像奶油似的，粘得我们直咂嘴。

"鲸奶可以说是营养最丰富的一种奶汁了。"驾驶员叔叔说。"才生下来的小鲸，光吃奶，一天就能长一百多斤哩！"

"啊呀，可不得了！"妹妹立刻放下了杯子。"我不喝了，我不喝了。要不，我长成了一个大胖子，那可怎么办？"

"不用担心，你的胃口哪有小鲸那么大。"驾驶员叔叔指着奶仓说："小鲸生下来就有几吨重，它一口气就要喝一奶仓的奶汁哩！你喝得了吗？"

才一转眼，奶仓里已经灌满了鲸奶。驾驶员叔叔按下一个电钮，吸奶的塑料管缩了回来；又按下一个电钮，潜水艇升到了海面上；再按下一个电钮，奇怪！潜水艇顶上张开四片翼子。

翼子转动起来，水珠向四周飞溅。我们的潜水艇离开海面飞了起来，变成一架直升飞机了。

人造头鲸

在我们下面，一排一排蓝黑色的大鲸，好像一个庞大的潜水舰队。它们此落彼起，一会儿沉下去，一会儿又浮到水面上。它们的朝天鼻孔一露出水面，就喷出两三丈高的水柱，跟公园里的喷泉一样，被阳光照得五光十色，真是好看极了。

"这就是最大的须鲸——蓝鲸。"驾驶员叔叔给我们解释。"也是所有大鲸中最大的一种，一条有一百多吨重，抵得上二三十头大象。它们喜欢住在比较冷的海洋里。等它们的孩子长大一点，就要赶它们到北方去放牧了。"

"叔叔，叔叔，"妹妹问，"这种长胡须的大鲸，也要用大章鱼钓吗?"

"这可不成。"驾驶员叔叔说，"一则，这种蓝鲸身子太重了，直升飞机吊不起来。二则，蓝鲸也不吃乌贼和章鱼。别瞧它们的身子这样大，它们吃得可细致哩，光吃小鱼小虾。它们的胡须就像栅栏一样，大一点儿的东西就钻不进它们的嘴里去。"

"那一定得用炮打了!"我说。我在书上看到过，捕大鲸一向是用鲸炮打的。鲸炮打出去的，是一支带钩的镖枪。

"用鲸炮打也不是个办法。"没想到驾驶员叔叔摇摇头说，"一开炮，把大鲸吓得东奔西逃不就乱了套了。再说，捕蓝鲸也很容易，要只趁涨潮的时候，把它们引到浅滩上。等潮水一落，大蓝鲸就搁在那儿游不回去了。抹香鲸可不行，它们不肯游到浅海里来，所以得用钩子钓。"

"那么，"我又问，"为什么偏要把大鲸赶到远洋里去放牧呢? 把大鲸养在近海里，管理起来不是省事得多吗?"

"小朋友，大鲸的饲料是个大问题哩! 一条大鲸一天得吃好几吨东西。

近海里哪有这么多饲料给它们吃呢。所以只在它们生小鲸的季节，我们才把它们赶回近海来，好保护它们母子平安。平时就赶到食物丰富的远洋里去，好让它们吃得饱，长得肥。好在大鲸是喜欢合群的。只要用一艘电动潜水艇在前面带着，就能保证一条也不会丢失。"

"大鲸怎么会跟着潜水艇游呢？"我总爱打破砂锅问到底。

"你们听说过吗，羊群里头有领头的头羊，鲸群里头也有领头的头鲸哩！我们的潜水艇就是一条人造头鲸，它能发出一种跟头鲸一样的呼唤的声音。大鲸一听见，就会成群结队地跟上来了。"

正说话间，我们的潜水艇，不，现在是直升飞机了，降落在"大鲸综合加工厂"的大广场上了，正好停在我们忘了带的鱼竿和水桶旁边。

太阳快要向水天相接的地方落下去了。海面上闪烁着万点金光。我们兄妹俩得向驾驶员叔叔告别了。

"叔叔，"我说，"谢谢您，谢谢你们厂里所有的工人叔叔。我们得回家了。"

"哥哥，"妹妹拉拉我的手说，"咱们钓的这些小鱼，送给叔叔喂了大鲸吧！"

大鲸一张口就得吞下成百上千斤东西哩，这几条小鱼管什么用呢？没想到驾驶员叔叔倒哈哈大笑起来："谢谢你们，谢谢你们。我代表'大鲸综合加工厂'的全体同志，感谢两位小朋友热情的支持。让我来数数看。"他提起我们的小水桶。"一条，两条，三条，……好呀，足足二十条。真不简单，比我的还多上几倍哩！谢谢你们，我老实收下了。有空请再到我们厂里来玩儿。"

鲨鱼侦察兵

〔中国〕郑文光

生 日

南海是美丽而妖娆的。在蓝幽幽的海面上，珍珠般洒下了几十个绿宝石似的珊瑚岛，这就是西沙群岛。

西沙群岛的渔人，都是一些久经风浪锻炼、机智而剽悍的海上猎手。他们驾一叶扁舟就敢于出没在风涛险恶的南中国海上——自古以来，这是著名的"七洲洋"。几把钓钩，一副潜水镜，一柄利斧，一根梭镖，他们就敢于下海擒拿七八百斤重的大海龟，潜入几十英尺深的海底采梅花参、珊瑚和石花菜，甚至于敢钓鲨鱼。

这儿的鲨鱼大多属于虎鲨一类，个头大，凶暴异常，且不说那血盆大嘴一下子能把一个壮年汉子咬成两截，它那猛烈挥动的尾巴只要擦到你的皮肤，马上就是血肉模糊。但是西沙渔人偏偏喜爱钓鲨鱼。钓钩是普通的钓钩，只不过特别大，倒刺十分锋利。钓绳是经受得住上千斤拉力的自来水管粗细的玻璃纤维绳，在靠近钓钩的地方，包上铜片——这是为了防止鲨鱼的齿把它咬断。乘上一张丈把长的风帆船，钓钩上挂上三两斤肉，血腥味很快就能诱使馋嘴的鲨鱼上钩。被倒刺扎痛的鲨鱼发疯也似逃窜了。钓绳放尽，小帆船就被强有力的鲨鱼拖着在海上风驰电掣般奔驰，在蓝得发黑的海面上激起了骇浪惊涛。这一幕是十分壮观的。这是耐心、胆略和勇气的搏斗。巨大的鲨鱼能够拖着小帆船奔突那么三五十里，六七十里甚至一二百里，才慢慢疲倦了。于是，剽悍的渔人冷丁提起钓绳，鲨鱼头一出水面，它还来不及挣扎，一柄利斧就劈进它的头盖骨，鲨鱼当时断了气。

然而，这种钓鲨作业，是二十世纪五十年代使用的。在我们这故事所述的年代里，早就采用机械化方法捕杀鲨鱼了。只是偶尔有那么一两个爱冒险的小伙子，在假日之暇，还重温这种需要高度技巧和胆略的技术，当作是一种体育，一种游戏。就像我们尽管早就有了起重机，却还是需要保留举重这个体育项目一样。而且不知从什么时候起，西沙群岛的孩子们，到十四、五岁的时候，就相约着去钓鲨鱼，只有依靠自己手上的利斧，砍杀过一条鲨鱼的人，才被大家公认为他已经成年了，够资格当个渔人了。于是，这种钓鲨作业又成为西沙少年进入渔人行列的一个非正式的考核项目。

沙沙今天刚满十五岁。在南海熏风和热带太阳的沐浴下，他长成一个身材匀称、肤色黝黑、机巧而勇敢的少年。他早就在盘算，怎样度过自己的十五岁生日？答案很快就做出来了：约上两个小伙伴，驾驶渔业队的一条小小的风帆船，去钓鲨鱼。这两个小伙伴，一个叫阿牯，一个叫福海，都比沙沙小一岁。不过这计划暂时还得瞒着家里。这倒并不因为钓鲨作业要冒风险，沙沙的父母都是西沙渔人，他们也是在风浪中搏斗了半生的，他们并不担心自己的孩子闯不过这道关口；而是因为，近日风声不大对头：上级早就通知¨太平洋特混舰队正在这一带海面附近出没，蠢蠢欲动，我们所有渔业队出海生产，都要提高警惕，尤其不要单船作业。

这是五月初一的一个晴天，属于南中国海最好的天气之一。一大早沙沙就醒过来了。他蹑手蹑脚爬下了竹床，披上一件白褂子，又从竹床下面拖出昨晚早就准备好的、一柄磨得飞快的利斧，光脚丫子往外跑。他居然一点声响也没有发出，到了外面。

天空还刚刚露出鱼肚白色。海上吹来的风非常清新，睡意一眨眼就全吹跑了。他把沉重的斧头扛在肩膀，跑到阿牯家门口，轻轻吹了一声口哨。立刻，窗户裂开一道缝缝儿，探出一个黑瘦黑瘦的、机灵的少年的脑袋。他招招手，阿牯转眼就来到了跟前，只穿着一件红背心和一条蓝色的裤衩。

"嗨，真有点凉哩！"阿牯跳着，他的光脚丫子在潮湿的沙地上印上一个个凹窝。"福海呢？"

"我约好他带着钓绳在艇上等着哩。"沙沙说，"走吧。修网队那伙姑娘仔马上就要来了，叫她们瞧见，多嘴多舌的……"

两个孩子小跑着绕过了渔业队的仓库。从气象台白栅栏边经过的时候，他们猫下了身子——气象台的叔叔阿姨们也是起得很早的。不过幸好，没有遇见人。但是一拐过小果园，冷丁一双手从后掩住了阿牯的眼睛，沙沙低声喊："福海，撒手！"

福海是一个浓眉大眼、圆脑袋的孩子，乐呵呵的。他说："我怕你们出不来哩！"

他们一起上了帆船，沙沙看看卷起的一大盘钓绳，问道：

"肉呢，拿到了没有？"

"这不是？"福海从船板下拎出一副油搭搭的猪肠子来，得意地说："昨天我去屠宰场买来的。"

"周婶没有问？"

"问啦！我说……沙沙过生日，要吃红烧大肠头！"

"真有你的！"沙沙夸赞道，"好，开船吧，赶紧！"

小帆船在浅海礁盘上轻快地前进。天色很亮了。蓝天上一些飘得很高的云——羊毛似的卷云已经带着玫瑰的色泽。阿牯把手伸到水里。水，还带着夜来的凉意，它是那样洁净，可以清清楚楚看见礁盘上白色的海石花，褐色的石块，和穿来穿去的五颜六色的热带鱼。礁盘边缘，迎着靛蓝色的深海区，一圈白生生的浪花像珍珠项圈一样套住这个珊瑚岛。帆船进入浪花圈，它的头一昂，立刻又一沉，瓢泼大雨似的海水浇在三个少年身上，他们都哈哈大笑起来。

孩子们扯起了帆。进入深海区，船立刻颠簸起来。大海表面上倒没什么，水底下暗涌一个接一个，像是有一个巨大的梭子在摆动。风却很小，帆船行驶得并不快。眼看，天完全大亮了。

"沙沙！"坐在船头的阿牯朝着船尾喊。"有人在沙滩上叫我们！"

沙沙回头一望，他的尖锐的眼睛一下子就认出，是渔业队的程大叔在向他们招手。

"糟糕！"他小声说。他们不要派艇来赶我们才好！这鬼船，走得比乌龟还慢。"

但是没有什么艇向他们赶来。这时候，仿佛老天爷特意成全他们似的，一阵海风吹过，风帆船猛一掉头，绕着小岛的东南方很快地驶开去了。

现在岛子只看得见一些郁郁葱葱的泡桐和碧霜花丛林，和林木掩映中的小小的白屋。而在他们四周，是一片蓝得叫人晕眩的苍茫无际的大海。

东边天上出现了几缕金光。沙沙猛地站起来，威武地喊道：

"阿牯，福海，准备下钩！"

在惊涛骇浪中

"你们谁带了吃的？"沙沙问两个伙伴。

两个孩子面面相觑。他们一心一意准备钓鲨鱼，不仅没有带任何干粮和饮水，而且早上一口东西也没有吃过。

"我也没有带。"沙沙颓丧地说。"昨晚我还想带几个饭团子和煎咸鱼，可是今天一早，就忘得光光的了。"

"我可以忍着。"阿牯说。

"我也可以。"福海也说。

"如果我们走得很远呢？"沙沙皱着眉头说。"肚子饿，我们就没有力气，鲨鱼即使钓到，我们也没法子把它砍死。"

"那么，怎么办呢？"福海问道。

阿牯提议说："要不我们上东岛去，老章大爷会给我们点吃的。"

"万一他不让我们再出海呢？"沙沙不安地说。"不。这样吧，我们再下几只小钩，钓到黄鱼或者鳗鱼，我们就烧来吃。舱板下面总会有灶、锅和火柴的。"

果然，这些东西都有。几分钟前还是垂头丧气的这三个孩子，一下子又精神百倍了。阿牯和福海两个，一人把住一边船帮，放下了带小钩的尼龙钓丝。没有什么鱼饵，他们就从那副猪大肠里撸下一些油来，抹在小钓钩上。

太阳已经露头。现在海面上跳跃着几万点亮晶晶的闪光，就像有几万个小太阳在海上跳跃。海是蓝的，蓝得深沉、凝重。天也是蓝的，蓝得柔和，明媚。几丝薄纱似的云彩在慢悠悠地飘荡。沙沙紧紧压着舵梢，目光炯炯地注视着海天相接的远方。他看见，浪花飞溅处，出现了一条细线似的东岛的影子。但是他并不朝岛子驶去，使劲儿一扳舵，他把小艇折向北方。

"梭鱼！"阿牯喊道。他的手灵巧地一扬，一条很大的、差不多有手臂长的梭鱼就在半空中挣扎。闪着银弧色的光。阿牯熟练地把梭鱼摔到船板上，福海立刻扑过去，不顾梭鱼的坚硬的胸鳍和腹鳍扎得两手发痛，还是紧紧捉住了这条又胖又滑的鱼。

"烧吧?"福海仰起头问道。

沙沙想了想,说:"最好再钓一条。我们要吃得饱饱的。鲨鱼一上了钩,我们什么也顾不得吃啦!"

这句话刚落地,帆船马上往下一沉。他们只来得及看见一个巨大的尾鳍在船头拍打——鲨鱼上钩了。

福海立刻撒了手。哈,真想不到鲨鱼这么快就上钩。这条鲨鱼可真大!没有一千斤至少也有八九百斤。阿牯看得清清楚楚,它的背脊差不多是黑色的,那两扇胸鳍,就像大舢板的两把桨,被钓钩紧紧扎住的大嘴露出吓人的獠牙。鲨鱼左右摇晃着,时时把白色的肚皮翻转过来。它在猛烈地挣扎。帆船左右摇晃不休,三个孩子紧紧趴在船板上,提心吊胆,生怕掉到海里去。

那条梭鱼,早就不知蹦到什么地方去了。钓绳已经放完,鲨鱼在帆船前方二十多米处奔突,掀起的浪头把小船冲击得像是秋风中的一片落叶。

这是巨大的喜悦和巨大的恐惧交织在一起,钓鲨人的心情就是这样。什么肚子饿,什么疲劳,全丢到脑后面了。三双眼睛紧紧盯着鲨鱼,三颗心光想着上了钩的鲨鱼,他们不看方向,不看天,也不看海,他们什么也不看了。

这条鲨鱼力气很大,虽然上了钩,拖了这么一条船,仍然奔驰得非常快。幸好它是逆风前进的,张满的帆给它增加了阻力。但是这一来,小船颠簸得更厉害了。不大一会儿工夫,福海已经脸色苍白。他趴在船板上,把头伸到船舷外面,想要呕吐。但是从早起他还没有吃过东西,结果干呕了半天,什么也呕不出来。

"抓住他的腿!"沙沙喘息着对阿牯说:"这时候,千万不能掉下海!"

几个孩子虽然都是水性很好的西沙少年,可是海里有一条负伤的鲨鱼,就决不能下水了。你看那强悍有力的鲨鱼尾巴,左右拍打,把海水打得泼拉泼拉地响,你就知道这家伙力气还有多么大。他们已经出去了十里？二十里？三十里？不知道。鲨鱼的力气却一点儿也不见减少。

但是海风大起来了。南海的天气是变化无常的，转瞬之间，南方天边升起了大片的砧形云，接着就是劈头劈脑一阵急雨。雨水打得船板劈啪响，和激溅上来的浪花汇合在一起，冲刷着船板。灶翻了，锅也掉下海去，三个孩子紧紧抱住桅杆，让豆大的雨点无情地敲打他们，让呼啸的海风刮得他们蒙头转向。沙沙不小心一仄身子，身下压着的那柄斧子就滑了出去，他和福海两人同时扑上去抢救斧子，斧刃擦伤了福海的肘子，但是斧子被紧紧捉住了。

"落帆！"沙沙喊道。现在风太大了，过于胀饱的帆有撕裂的危险。但是帆索虽然解开，帆还是不容易落下来。阿牯冒险地往上一窜，紧紧攥住帆面，沙沙和福海就抓住他的两只脚丫。帆落下来以后，船的颠簸稍稍好了一点儿。但是海面的浪涛一点儿也没有减弱的趋势。曾经轻快地闪烁着万朵太阳光的大海变成铅一样沉重的灰黑色。大海在深处低低地嗥叫，长浪一个接着一个，小帆船颤栗着，似乎快要散架了。幸好这时雨停了，三个孩子才有机会喘一口气。沙沙察看着福海被斧刃擦伤的肘子，关切地问道："疼吗？"

福海摇摇头，把肘子缩回来。这时候，帆船也慢下来了。看来鲨鱼已经筋疲力尽了，但是钓鲨的人同样也筋疲力尽。又这么慢悠悠飘荡了一会儿了，沙沙才强打起精神，蓦地站起来，从肺腑里迸发出：

"阿牯，福海，起钓！"

他抄起那柄千辛万苦保存下来的利斧，跌跌撞撞向艇头走去。鲨鱼还在做最后的挣扎，但是它已经力不从心。阿牯和福海一寸一寸地收拢钓绳，而鲨鱼和帆船的距离也一寸又一寸地缩短。这真是一个吓人的大家伙，它的丑恶的脑袋在扭动，它的大嘴巴在有气无力地噏张着。它逐渐靠近了。沙沙鼓了鼓劲儿，举起了闪闪发光的利斧。

这是一场紧张的搏斗。好几次，两个孩子差一点没捉住钓绳，又让鲨鱼蹭出去两三尺。但是他们咬着牙，用尽最后一点力气。终于在船头看到了鲨鱼的瘫软的身子，一双凶暴的眼睛半闭着，它的头慢慢露出水面。沙沙等候着时机，他马上就要把斧子抢起来，劈下去了……

三十一号岛

沙沙突然吓了一跳。因为他分明听到了很近的地方有人说话：

"别砍！"

声音不高，却十分威严。沙沙回身一看，他们风帆船后面竟跟着一条漂亮的白色小气艇。刚才想必精神太紧张了，他们一点儿也没有察觉。艇头前甲板上站着一个老头：花白的头发，红光满面，一双神采奕奕的眼睛。老头身上穿一件白大褂，好像是一个老医生。

"我帮你们把鲨鱼捉住，好吗？捉活的，不比砍杀了更好？"

三个孩子都瞠目结舌。捉活的？你别看鲨鱼尽管已经筋疲力尽，可是如果把它搁在小汽艇甲板上，转眼之间，艇上的人都得叫它有力的尾巴扫下海去，要么就是鞭挞得头破血流。沙沙想着，仍然不放下斧子，问道：

"大夫，"他心目中已经认定那老头是一位大夫了，"您是要给鲨鱼治伤吧？可是当心，它还是会吃人的。"

"不会不会。"老头儿开心地笑着，转过身子，喊道："小温！"。

驾驶舱里出来一个青年人，眉清目秀，看样子比沙沙大不了两三岁。他手上拿着一根枪管很长的枪。

"哎呀，你们要射死它！"沙沙惊呼道。

"不是不是！"老头儿还是笑着解释。只见小温端起枪，瞄准鲨鱼头部，一扣扳机。枪声不响，只不过像开瓶塞一样，"扑"的一声，沙沙还来不及看清楚，转眼之间，那条鲨鱼就躺在水面上不动了。不过叫人不解的是，它身上没有一点血迹。唔，这是一颗什么子弹呢？为什么这么一个凶猛的海上霸王会轻轻巧巧地送了命呢？他满腹狐疑。这时，老头儿又说：

"你们把钓钩摘下来吧。我要把鲨鱼运走了。"

阿牯立刻被针扎似的跳起来："把鲨鱼运走？说得好自在！我们追了它一整天哩。这不，从早起到现在，一滴水都没下肚！"

福海也气鼓鼓地说："你们懂得点西沙渔人的规矩没有？要抢劫吗？"

沙沙摆摆手，不让小伙伴说下去。他走到船尾上，尽量温和地说：

"大夫，您是要这条鲨鱼来做试验吗？"

老头儿和小温交换着眼色，后来老头开口了：

"唔，猎鲨的小勇士们，我不是要占你们的便宜，我只不过帮你们捞起它——它准有千把斤重哩，你们能把它拉上船吗？"

"那么你能？"阿牯不服气地问。

老头儿一点儿也不生气，说："我能。"

他摆摆手，小温立刻又钻进驾驶舱里。只听见汽舱发出一阵轻微的营营声，它的头部张开了一个大口。船舱深处伸出一个铁爪子，慢慢伸向一动也不动的鲨鱼，一下子把它捉牢了。

"停！"老头儿喊道。又对孩子们说："把钓钩摘下来吧，它陷得挺深哩。"

阿牯和福海惊讶地看着这一幕。但是沙沙已经爬在船板上，整个身子探出船外，把手伸进鲨鱼张开的大嘴里。阿牯喊："当心！"他怕鲨鱼忽然又活过来，沙沙的那只手就得咬断。但是什么事情都没有发生。只不过钓钩扎得太深，它整个儿扎进鲨鱼的上颚去了。过去猎鲨的谁干过这活儿呀？杀死了鲨鱼，斧子一劈，头盖骨裂开来，钓钩自然也就出来了。现在他得把钓钩一点点往后倒，弄得整条臂膀都是血。

"算了吧！"老头儿又说，"你会把鲨鱼的口腔弄坏的。我说，小伙子们，你们把钓绳砍断吧，到了岸上，我保证把钓钩给你完整地摘开来。"

这番话声音不大，却使人觉得很有道理。阿牯和福海已经消了气，但是不肯动手。沙沙挥起大斧，轻轻一剁，钓绳果然断了。老头儿挥挥手，汽艇又营营响着，铁爪子把鲨鱼抓到船舱里面，然后关上了舱门。

"好啦，小勇士们，你们叫什么名字？"老头儿亲切地问。

"他俩叫阿牯、福海，我叫沙沙。"

"好的，沙沙，阿牯，福海，你们三位，请上这条汽艇。你们的那条船，就系在我们汽艇后面好了。我邀请你们上岛，做我的客人。放心，我会证明，鲨鱼是你们钓的，你们已经够资格当个西沙渔人了。"

唔，这老头儿还挺懂得西沙群岛的风俗呢！沙沙望望两个小伙伴，经过一天的风吹浪打和艰苦的搏斗，又滴水未进，他们俩都是一副狼狈相。他再低头看看自己，也好不了多少。这算什么勇士？而且还要到人家那儿作客去！唔，看样子，老头儿是一个有学问的人，他不会白要他们钓到的鲨鱼的。

"走！"沙沙摆摆头，对两个小伙伴说。他弯腰拾起船头上的缆绳，一纵身就跳过汽艇。然后他使劲儿一拉，帆船差不多跟汽艇并排了，他才沿着艇舷走到汽艇尾部，把缆绳系在后甲板的一只锚钩上。

"你们看，"老头儿走到三个孩子身旁，指点着说："我们的岛就在这儿。"

三个孩子极目望去，果然看见一个被白浪环绕的很小的岛，并不很远，还不到一海里远哩。他们早先追踪鲨鱼时精神太紧张，一点儿也没有看见。岛上有许多树，绿荫荫的，却看不见什么房子。

"你们这是什么岛？"沙沙问。

"它还没有名字，我们叫它三十一号岛。哦，对了，介绍一下我自己吧，我叫杨西沉，生物物理学教授。现在，请你们安心做我的客人吧。"

老头儿又挥挥手。汽艇发出轻微的震动，拖着风帆船向岛上疾驰而去。

巡 龟 去

出乎孩子们的意料，这个岛有许多房子，而且盖得十分雅致，比他们自己岛上渔业队的房子强多了。只不过岛上的房子都漆成绿色，隐蔽在泡桐树丛深处，不容易看出来罢了。

上了岛，杨教授让小温带孩子们去洗澡。

他们走进一座有着漂亮的门廊的房子。沿着门廊走几步，就来到浴室。嗨，真是一辈子也没见过这样的浴室！闪闪发亮的瓷砖铺的地面，十分漂亮的浴缸，还有花朵一样盛开的枝形吊灯。小温在门口站住，对他们说：

"小家伙，把衣服都脱下来给我。"

"干吗？"阿牯瞪着眼睛问。"我们自己会洗衣服！"

小温不耐烦地说："谁说过要替你们洗衣服哩？要给你们的衣服消毒。我们这里不能有任何细菌。快，杨教授还等着你们吃晚饭呢！"

孩子们交换了一下目光，还是服从了。脱得精光的三个孩子跳进浴缸，洗了他们生平第一个热水浴——西沙渔人是一年到头都用冷水洗澡的。他们注意到，水里有一股子怪味，而且有些浑浊，但是洗起来十分舒服，皮肤滑腻腻的，而且疲劳马上消失得无影无踪了。

"喂，沙沙，"阿牯小声说。"我们这是到了什么地方？"

"我也不知道，"沙沙摇摇头。"也许是个医院？"

"一定是的。"福海热心地答道。"你没听到，衣服都要消毒。"

"这洗澡水很怪。"沙沙又说。"一定放了什么药，可能也是要给我们的皮肤消毒。"

"这老头儿倒挺有意思。"阿牯猜测道。"沙沙，生物物理学家是干什么的？"

沙沙沉思了一会儿。

"他是一个科学家，也许需要用鲨鱼做研究工作。这鲨鱼就送给他吧——反正我们又没有钓上来。"

"我们不是差一点儿……"

"嘘，别说了！"沙沙伸出一只手指。这话说得正是时候，因为这时门开了，小温拿着一叠洗干净而且叠得整整齐齐的衣服进来，说："小家伙，还没洗完！快穿衣服，杨教授请你们去吃饭哩。"

三个孩子赤条条的从浴缸里跳出来，把衣服接过来。咦，真是他们自己的衣服，但是完全干净了。

瞧着他们发愣的样子，小温又说："擦干身子再穿。喏，毛巾就挂在那儿。唉，你们没洗过澡还是怎的？快！"

十分钟之后，他们就在一间宽大的饭厅里，面对着丰盛的菜肴，和杨西沉教授一起进餐了。

噢，从早晨起就饿着肚子的孩子，面对这好像魔法变出来的一桌菜：红烧海龟蛋、清蒸石斑鱼、梅花参炒肉片和一些他们从来没见过的味道鲜美的食品，有多馋呀！他们也不客气，大口大口吃起来。杨教授却吃得很少，只是很有兴趣地看着三个孩子狼吞虎咽，有时和小温低声说句话。当三个孩子终于放下筷子，拍拍肚皮的时候，天色已经完全黑了，灯亮起来。杨教授说：

"孩子们，你们累了一天，睡觉去吧！……噢，我已经和你们岛上通了电话，通知你们的家长让他们放心。"

"杨……伯伯，"沙沙低声说。"这儿，是什么……地方？"

"嗨！"杨教授笑起来，"明天我带你们参观一下。好吧？今晚，先睡觉。小温已经给你们准备好床铺了。"

西沙人从小就习惯在硬铺板上铺张席子，一个枕头，倒头便睡，只有在冬季，才加一条线毯子。可是这儿，床垫是柔软的，床单是洁白的，枕头是松软的，还有一条非常漂亮的绿色提花毛毯。三个孩子虽然身子已经洗得十分干净，可是看看自己被太阳和海风吹得黧黑而粗糙的手脚，还是不敢躺到床上去。小温一再催促着，而且马上给他们关了灯，才离开房间。

三个孩子一下子睡熟了。他们既听不见岛上海风的啸叫，也听不到海面上浪涛的喧声。至于这栋房子，简直没有一点点音响，仿佛除他们之外没有一个活人。他们睡了不知多少时候。沙沙先醒过来，发现屋里有点亮光，他仔细一瞧，原来一弯残月正好照到窗棂上，在地板上投出淡淡的月色，屋里的家具也都蒙上一层灰蒙蒙的光。

沙沙感觉到一天的疲劳和睡意全都消失了。他蹑手蹑脚走向窗前。噢，他虽然是在珊瑚岛上长大的，可是什么时候他也没有发现岛上的夜色有这么美。这个岛并不比他们自己的岛大，可是树木非常多，而且除了泡桐树，竟然还生长着一些他叫不出名字来的高大的树，正开着细小的粉红色的花。窗户外面正好有这么一棵树，透过浓密的枝叶看去，他看到了大海，被朦胧的月色照着，充满神秘和幻想。他又看到了月色下发白的一条窄窄的沙滩，一个人影也没有，一点动静也没有。他望望月亮，想起今天已经是阴历二十五了。残月已经升得那么高，该下半夜啦！

他转回身子，不小心碰了一下花盆架子，发出了响声。于是他听到了阿牯用清晰的、一点不带睡意的声音问道：

"沙沙，可有什么新发现？"

"没有。"

"你睡够了吗？"阿牯嘟囔着说。"我可睡够了。真好！我一点儿都不乏了。要不，我们一起出去走走？"

"干什么去？"

"巡龟。"阿牯说着，翻身下了床，披上衣服。"这会儿正是海龟上岸生蛋的时候，我们三个到沙滩去，捉一只龟，好吗？"

"我怕我们三个人翻不过一只龟。"

"你呀，沙沙！鲨鱼我们都敢斗，海龟又有什么了不起？它在海里力气是很大的，但是一爬上沙滩，只要我们三个人扒住它的壳，用劲儿一掀，它就得四脚朝天，再也跑不了啦。明天，我们再请杨教授和小温，美美吃一顿龟肉……"

这主意是这么吸引阿牯，他也不等沙沙答应，就去推醒邻床上的福海。福海揉着眼睛，低声嘟囔着，但是一听到阿牯的主意，他的睡意立刻跑个精光。

"可是，我们还要下楼，要惊动小温，而且……"沙沙犹疑地说："可能大门还是闩上的。"

"那有什么？"阿牯说，指指窗外的树："这不是一架现成的梯子？来，悠下去。"

他不等沙沙再说什么，右脚早就跨过窗棂，一纵身，消失在浓密的枝叶中了。

秘　密

三个人在沙滩上毫无声息地走着。光脚踏在有点潮湿的沙子上，感到很舒服。海风吹来，他们觉得有点凉意，可是他们不在乎。在家乡的岛上，他们也巡过龟，却只能当大人的助手。他们没有单独和海龟打过交道。而现在，经过了一天的惊涛骇浪的搏斗，奇迹般地登上这个三十一号岛以后，他们觉得自己突然变成大人了。的确，鲨鱼他们没钓着，但是谁也不能否认，他们是真正的西沙渔人。

这种思想使得他们昂起头。天气很晴朗，星星又多，又亮。确实是下半夜了，银河已经升到头顶，像是要把天空劈成两半似的。他们也认出了银河两边的织女和牛郎。这些海岛上生长的孩子都是很熟悉星星的，他们叫得出许多星星的名字。但是此刻，他们没有说话，只是用警惕的目光扫视着沙滩，看看是否有一只产卵的海龟正匍匐在什么地方。

但是他们没有看到海龟。全岛都是静悄悄的，只有浪涛拍打着礁盘，和岛上树木在海风吹拂下的沙沙声应和着。三双眼睛睁得大大的。他们快要走到岛的那一头了。阿牯似乎看见沙滩和树林子接壤的地方有什么东西蹲踞着。他拔腿跑了过去，却原来只是一丛菠萝麻。一反身，他的手碰到一根冰凉冰凉的钢丝绳——原来这是钢丝绳织成的栏杆哩！突然间，头上有一个黑乎乎的东西迅速地落下，灯光一下子亮了，同时响起了尖锐刺耳的铃声。

沙沙和福海在明晃晃的灯光下看得清清楚楚：阿牯已经被一个大铁笼扣住了，就像动物园里关猛兽的大铁笼一样。他挟命在摇撼，但是铁笼纹丝不动。沙沙和福海正要过去帮忙，却听到了嘈杂的脚步声，跑出来十几个年轻精壮的小伙子，不言不语地把他们包围起来。最后，旁边一栋房子的门槛上，出现了杨教授和小温。一看见这场面，杨教授摆摆手，十几个小伙子像听到号令似的撤退了，转眼间，笼子又升起来。阿牯急忙奔向两个伙伴。

"原来是你们！"杨教授惊讶地说，"深更半夜，你们出来做什么？"

"我们起来巡龟。"沙沙闷闷不乐地说。他们竟在这样狼狈的境地下又遇见这个杨教授，绝不是什么值得自豪的事。

"巡龟？"杨教授的花白胡子一翘一翘的，他扭头瞧着小温说："他们出来巡龟，听见没有？"

"巡龟就是……"沙沙想解释。

"好了！"杨教授习惯地挥了挥手。"我知道，巡龟就是把上岸生蛋的海龟捉住，翻个个儿，对不？不过我们这岛是没有海龟游来的。"

"为什么？"

"你们可真好奇！怎么说呢？礁盘边上也都有那些个笼子，海龟一爬上来，就被扣住，像刚才阿牯一样。唉，我原说过明天带你们参观一下的……好吧，跟我来。"

他们想跟着进入那间灯光通明的屋子。这时，沙沙才注意到，杨教授和小温都是穿得整整齐齐的，杨教授连白大褂也穿在身上，好像这一夜他们压根儿就没有上过床。他们彻夜忙些什么？沙沙琢磨开了。

但是他马上大吃一惊：穿过走廊后，他发现他走进一间很大的实验室，实验室当中是一个巨大的长案，上面竟赫然躺着那条他们钓上了、追踪了一整天的大鲨鱼！

三个小伙伴不约而同地喊了一声。

杨教授一点不以为意，伸手从旁边一个小茶几上拿起一根绳子递给他们，这正是他们的钓钩。

敢情杨教授在给鲨鱼摘钓钩来着！

鲨鱼依然静静躺着，像死了一样。这大家伙，现在放在屋子里，更显得蠢相了。看着那副丑恶而凶暴的样子，这三个西沙群岛长大的少年也感到不寒而栗。杨教授再三请他们坐下，他们却只是你望望我，我望望你，然后眼光又一齐投向鲨鱼，他们眼神中的惶惑和狐疑还没有消失。

杨教授走过来，一手一个地把他们摁在椅子上，定睛瞅着他们说：

"你们以为我在给鲨鱼治病？或者做解剖么？……那怎么可以？这是你们的战利品呀！"

沙沙脸孔涨得通红："我们不要了。……您有用，就留着吧。"

"我有用？"杨教授忽然哈哈大笑起来。"小温，听说没有？……我当然有用，用途大着哩。过来，"他拉着沙沙的手，又用另一只手招呼那两个孩子。"你们都过来，看看。"

他带着孩子们一直走到鲨鱼头部。他指点鲨鱼两只眼睛之间。

"瞧瞧！这儿有什么？"

沙沙弯下身子，几乎把眼睛贴在上面了，才勉强看出，这儿刚刚动过手术。有一块香烟盒那么大的皮肤，是用极细极细的羊肠线缝的。

"噢！"他恍然大悟地说："杨伯伯，您把什么东西缝在鲨鱼脑袋里了。"

"真聪明！"杨教授夸赞道，搓着两手，满脸是得意的神色，"这是我第十四次动这样的手术了。"

第十四次！这是什么手术呢？

沙沙没有发问。他知道，杨教授马上就要把一切告诉他们的。

但是老头儿却不急于说话。他走开去，拿了一大瓶橘子汁、几个杯子，摆在小茶几上，咕嘟嘟倒了几杯橘子汁，一杯一杯地塞在孩子们手里，自己也拿了一杯，喝着，说：

"你们知道，鲨鱼是海里游得最快、航程最长的动物之一。它是海中的霸王，几乎没有什么动物斗得过它，它却能吞噬一切动物，连比它大许多倍的鲸鱼它也敢于攻击。"

作为渔家少年，沙沙他们对于这一点是知道得很清楚的。

"现在你们来。"杨教授匆匆放下玻璃杯，又拉着沙沙的手走，两个小伙伴也一声不吭地跟在后面。他们从一道旁门，进入另一间屋子。杨教授开开灯。灯并不很亮，不过他们也看清楚了，这是一间放着许多仪器的屋子，墙的当中有一个大电视机。杨教授让他们在一排椅子上坐下，走过去就拨弄电视机下面许多按钮中的一个。

忽然，电视机屏幕上出现了一个色彩缤纷的海底世界。红得像血一样的珊瑚丛，白色的沙丘，巨大的昆布，以及在其中游来游去的奇形怪状的鱼。虽然是西沙群岛的孩子，他们却还只是在海面上和礁盘上泅游过，在深海里，即使他们潜下去，也没法儿看清楚。所以这幅美丽的深海景色把他们吸引住了。奇怪的是这幅海底景色变换得非常快，仿佛拿摄影机的人正以很高的速度泅游着，而且时时回转着身子，有时忽然镜头往上一窜，有时又沉向更深的海底。

"你们知道这电影是谁拍摄的吗？"

一道思想的闪光突然来到沙沙的脑子里，他犹疑不决地猜测着：

"难道是鲨鱼？"

"对了！"杨教授拍拍少年的肩膀，显然对他的聪明很欣赏。

"难道缝在鲨鱼头上的是一架摄影机？可是镜头又没有露出来……"阿牯问道。

"不。"杨教授随手关上了电视。"我们缝在鲨鱼头部的，不是摄影机，也不是录像机，而是一具探测器。它当然没有镜头，鲨鱼的眼睛就是它的镜头。你们看到的，是第七号鲨鱼眼中看到的景物，它正在你们岛附近游弋哩。水下的景物反映到鲨鱼的眼球的网膜上，又传到它的大脑皮层，它的大脑皮层马上就产生一些微弱的电流，这叫作生物电。我们这具探测器就能把这些生物电流放大，频率降低，透过海水，发送到电视机的屏幕上。明白吗？你们想，海底黑黢黢的，我们自己要是潜入那么深的海底，没有照明设备，是什么都看不见的。但是鲨鱼的眼睛却十分锐利，你们看，把海底的景物都看得多么清楚！用它来当大海的侦察兵，不是很合适的吗？"

"可是，"沙沙犹疑地说。"鲨鱼并不总是在附近回游的……"

"它可能游得更远，是吗？"杨教授眯起他的十分明亮的眼睛，"不错，鲨鱼可以在我们西沙群岛一直游到澳洲。但是经我们动过手术的鲨鱼，却不会游那么远。因为我们缝在它脑子里的探测器，同时又是一具控制器。我们可以发出指令，让这个仪器刺激它的大脑，产生一些生物电流，指挥它往我们指定的海域游去。"

"原来这样！"沙沙赞叹道。"这个仪器一定非常复杂了？"

杨教授随手在电视机旁边的箱子里拿起一个香烟盒那么大的、用金属密封的小方盒，递给沙沙。

"就是这个。它确实非常复杂，但是却很小。把它装在鲨鱼脑子里，它甚至自己也觉察不出来。好了，隔壁那条鲨鱼快要醒了，得赶紧送回海里去。"杨教授领着三个少年走回大实验室，说："你们看，这条鲨鱼叫你们砍死了好呢，还是给我当侦察兵好？"

不等他们回答，杨教授就给小温打个手势。小温走开了，不大一会儿工夫，就有一辆大汽车直接开到实验室门口，几个小伙子走进来，推着那条鲨鱼躺着的长案（它底下原来有几个钻轳）一直推到汽车肚子里，马上开走了。

"好了！"杨教授挥手说，"快回宿舍睡个回笼觉。你们看，天都快亮了。你们不睡，我也要睡啦！小温，送他们走。"

疑　　团

三个孩子回到屋里，哪里还睡得着觉？他们七嘴八舌议论起来。

"真神！"福海嚷嚷道。"那么一个小盒子，却管得住这么大的鲨鱼，叫它当侦察兵，这老杨伯伯，一定有什么法术！"

"什么法术？"阿牯说。"这就叫科学，你懂吗？"

"要是给你脑袋里也装那么一个玩意儿，也能叫你往东，你就不敢往西了？"

阿牯目瞪口呆了。

"我还不明白，我亲眼看见鲨鱼被一枪打死了，却又说没有死，还要醒过来呢！"福海又说。

这下阿牯又来劲儿了：

"它当然没有死，开的那枪我看八成是麻醉弹……"

"什么麻醉弹？"

"就是弹头带麻醉药的，好像注射一针麻醉药一样。医生动手术不是都给病人注射麻醉药吗？我听说，动物园的人上山捉大象，也是打的麻醉枪，要不，大象力气那么大，什么人能把它降伏住?"

这回轮到福海目瞪口呆了。

沙沙没有参加争论。他脑子里一个劲儿琢磨：这位杨教授究竟是什么人？他要那么多鲨鱼侦察兵干什么？单单为了在电视里看看海底的景色吗？

他看看墙上的挂钟，已经五点。天色已经很亮。他渴望时间快点过去。他相信在吃早饭的桌子上，一定又会看见杨教授，这时可以直截了当地提出他心里想到的问题。

但是吃早饭的桌上没有杨教授，只有小温陪他们吃早饭。沙沙问杨教授哪儿去了？小温只淡淡地说：

"他睡了。昨晚他折腾了一夜哩。"他又补充说：

"吃过早饭，我也要去睡了……你们也休息休息吧，别乱跑，小心又把你们装在笼子里。"

孩子们闷闷不乐。老实说，昨夜阿牯被笼子扣住的时候，他们是吓坏了。但是这又增加沙沙一个疑团：如果只是给鲨鱼做手术，为什么要防范得那么森严呢？而且听杨教授说，礁盘边上似乎也安装了这套设备，又为的防什么人？只是防备海龟上岸生蛋吗？

"我们还得出去走走。"回到宿舍后，沙沙对两个小伙伴说。"你们敢不敢？"

"去！捉住了又怎样？"阿牯勇敢地说。"杨伯伯会出来放我们的。"

"只要小心点，就不怕。"沙沙说。"昨晚主要是黑咕隆咚。现在大白天，大家睁大眼睛，瞧仔细了才迈步。"

于是他们又走到外面来了。

多么好的天气啊！天瓦蓝瓦蓝的，几乎没有一丝云彩。太阳刚刚离开海平面不久，还是红通通的。海面上显得平静多了。他们走了几步，这才发觉，许多地方都用钢丝绳编织起来的栏杆。他们如果不碰这些栏杆，哪儿也去不成。

"我们上礁盘游泳去，总可以吧？"福海提议道。三个孩子敏捷地走到沙滩上，脱去衣服，一人只穿一条小裤衩，就下水了。礁盘水很浅，大约只有一米深光景。水十分清澈，从上面清清楚楚看得见那些白色的海石花，和在海石花中窜来窜去的颜色鲜艳的小鱼。蓦地里，阿牯弯下身去，捡了一个很漂亮的虎斑贝，得意地喊起来：

"你们看，我捡到了什么？"

两个伙伴凑过去。果然是一个十分漂亮的虎斑贝，又大又亮，雪白的底子，深褐色的一个个圆点子，比最好的瓷器还要晶明透亮。阿牯只让他们看，却不肯撒手。福海羡慕死了。他也发了狠，一个劲儿在礁盘里找，不大一会儿工夫，他找到了一个茶褐色的、布满乳状花纹的贝壳，也很好看。但是他却不认得。他把两个小伙伴叫到身边，举起给他们看。

"这叫五彩蝶螺。"沙沙说。"我们家就有一个，是我爹在东岛捡的。这种贝壳现在已经很少见了。"

听说很少见，福海得意极了，阿牯要多看一眼他都不让，他紧紧攥在手心里，又低头去找。

忽然，沙沙指着不远处用排竹拦开的一小块礁盘，说：

"这是什么？去瞧瞧！"

福海却有点害怕："不要又是暗藏了什么机关吧？"

"不会。这是在礁盘上。而且那些都是竹子。我们岛上捉到海龟，不也是用这个法子养着的吗？"

沙沙跑过去了。两个小伙伴也跟过去。

排竹拦得很紧密。幸好竹子并不高，刚刚超出水面一尺光景。他们只要踮起脚尖，就能一眼看清楚里面是什么东西。但是他们很失望，原来里面只是养了几十条两三尺长的黑褐色的鱼。

"你们知道这是什么鱼吗？"沙沙问。

两个小伙伴都摇摇头。

"这是鲫鱼。看到没有？它们头顶上都有一个椭圆形的硬块，就像图章一样，所以叫作鲫鱼。这个图章可厉害呢！它是一个强有力的吸盘，能够吸住任何东西……"

"怎么吸？"阿牯问。

"我听爸爸说过。鲫鱼游泳的能力不很强，但是能够吸附在大鱼的肚子上，让人家带着它走。它甚至能够吸附在船底上，不管是木船、铁船，它都能够吸附得紧紧的，多大的浪也冲不走它。这样，它就有可能跟着大船远航几千里。"

"这可是免费的乘客呢。"阿牯笑道。

"我要是也长这么一个'印'该多好。要去哪儿，自己不用花力气，人家就把你带走了。"福海缩着鼻子说。

"这是懒蛋的思想。"阿牯评论道。

福海不服气，刚要反驳，叫沙沙拦住了。沙沙问：

"他们养那么多鲫鱼干什么？"

阿牯问："好吃吗？"

"我可没吃过。"沙沙摇摇头。"不，这不是养来吃的，你们看昨晚那顿饭，他们的伙食有多好！用得着吃这么几条小鱼？不，一定有名堂……"

他心里又产生新的疑团。

"我进去抓一条出来看看。"阿牯说。

"不行！小心又要出事。"沙沙拦阻说。但是阿牯已经敏捷地翻过竹栏。恰好这时，岸上有一个人大声叫唤：

"小家伙们，又淘什么气呀？快上来。"

是杨教授。沙沙和福海撒腿朝岸上跑。阿牯也赶紧翻出竹栏，跟了过来。

追捕黄鱼群

"我就知道你们不会安分守己的。"杨教授说,"我才睡了一会儿,就赶紧起来了。你们呀,真是,不怕笼子吗?"

"可我们……"沙沙嗫嚅着说。

"又有那么多疑团需要打破,是吗?"

三个孩子点了点头。

"好吧,提吧!"杨教授假装叹了口气。"反正都得满足你们的好奇心——谁叫我请你们来呢!"

他们向杨教授的屋里走。一边走,沙沙一边就把他想到的问题一个个提出来。阿牯和福海也七嘴八舌地插嘴。杨教授好像心不在焉地听着,嘴里不住地"嗯,嗯",却不回答他们的问题,只是把他们领到一间屋子里。这间屋子可了不得:整整一面墙上都摆满了电视机,而且全部打开了,全部是各式各样的海底景象。一个长得墩墩实实的小伙子聚精会神地同时看着这十几部电视机。杨教授进屋后,就问:

"小罗,有什么新情况?"

"没有。"这个年轻人回答道。

杨教授让孩子们一架电视机一架电视机地看过去。第一架电视机的屏幕上,看到了肥胖的石斑鱼懒洋洋地游着,珊瑚丛里不时伸出条小虫来,海星在砂质的海底伸展着它的腕足,一只忙忙碌碌的虾正在挖掘它栖身的洞穴……沙沙注意到,这架电视机的镜头移动得十分缓慢。

"这是十四号。"杨教授对他们说,"就是你们钓上来的那条鲨鱼,你们看,它活过来了,但是麻醉药的劲儿还没有过去,它游得很慢。现在我们再看十三号。"

这个电视屏幕的景象表明,十三号鲨鱼没有潜入海底,而是在浅海处徘徊。透过浅浅的海水甚至能够看见天空的太阳和云彩投下的黑影。一只很大的玳瑁忽然在镜头中掠过去了。然后是疯狂的追逐。大概这条十三号鲨鱼要追捕这只玳瑁。在电视屏幕上只见一忽儿往上，一忽儿往下，玳瑁却始终没能逃出视界，但是它的四条挠足有力地拍打着海水，浪花四溅，霎时间，荧光屏上充满了雪白的水沫……

"太胡闹了，该让它停止这种无聊的追逐！"杨教授仿佛愤愤不平地说。小罗掀了一下按钮，玳瑁消失了，一群水母慢悠悠地掠过镜头。

"你们瞧，"杨教授指点着。"我们给每条鲨鱼分配一个海区，让它们侦察……"

"侦察些什么呢？"沙沙急忙问。

"你们再看下去。现在是第十二号鲨鱼。"

这个屏幕上的景物变换得非常迅速，可见十二号鲨鱼正用很高的速度巡游着。它也在海水上层，因此能见度很高。过了几分钟光景，屏幕上显现了一团黑乎乎影子。

孩子们都瞪大了眼睛。这是什么呢？杨教授神情也十分专注。黑乎乎的影子逐渐接近了。忽然间，像爆炸一样，屏幕上竟出现了一群向四面八方逃窜奔突的黄鱼群！显然，鲨鱼惊动了它们。

杨教授立刻走到前面，揿亮了一个电视屏幕，出现的却不是海底世界了，而是一个皮肤黝黑、样子剽悍的青年人———一个典型的西沙渔人。

杨教授干净利落地说——对着屏幕中的人："阿根，O八海区，出现黄鱼群！"

"好的，我们马上去追捕。"那个年轻人在电视里说。

屏幕马上暗下来了。

"看明白了没有？"杨教授转身对孩子们说，"我在电视电话里把鲨鱼的侦察结果告诉了他们，这样，他们一出海，就能获得丰收。"

孩子们都高兴得跳起来。这太好了，如果他们的渔业队也有这样能够侦察鱼群的鲨鱼侦察兵，那有多好！

杨教授像是看到了孩子们的心思，安慰地说："我们这种渔情服务工作刚刚开始，先在附近几个岛试点，还没有跟你们岛的渔业队联系哩。过些时……"

"也给我们装个电视电话?"沙沙急不可待地发问。"一有渔情，就通知我们。"

"对！"

"那得等到什么时候呀?"

"快了！等下一批电视电话机运来以后。"

沙沙这才想起，他是听爸爸说过，岛上马上就要装电视电话了。他当时还产生过疑问，巴掌大的岛子，要电视电话干什么？现在他才有点明白，原来这里……

"那么，"沙沙恍然大悟地说，"杨伯伯，你们这儿是渔情服务中心了?"

杨教授沉吟了一会儿。

"这也是我们的一部分工作。"

一部分？沙沙想，那么另外的一部分是什么？

他忽然想起，那森严的警戒线，那礁盘上的鲫鱼群，如果只是一个渔情服务中心，用得着吗？连房屋都漆成绿色，分明是要把什么东西隐藏起来。唔，这个岛上的一切，都带有一种神秘的意味。

他想呀想的，也无心去看一个个屏幕的海底景致了。阿轱和福海倒是蛮有兴趣地慢慢看过去，有时看见一只寄居蟹或一条章鱼，就大声叫起来。有一个屏幕上还出现了一条大乌贼鱼，正在施放烟幕弹——喷出一股浓黑的汁液，结果屏幕上像泼上墨一样，什么也看不见。两个孩子大笑起来。

忽然，小罗的沉着有力的声音盖过了笑声：

"杨教授，看看，目标442。"

这是第五号屏幕上，出现了一个长长的黑影子，像一支两头尖尖的纺锤。杨教授和三个孩子的注意力都集中到这屏幕上来了。

"近点，近点！"杨教授不断地说。

黑影越来越大，越来越清楚了。它像是一条船。可是这是多么奇怪的一条船呀，它没有烟囱，没有桅杆，甚至没有甲板。而且更奇怪的是，这艘船不是在海面上，它好像沉在海水当中，甚至可以看到有一些小鱼在它上面游动。

"这是什么船？"沙沙轻声问。

"442。"杨教授严肃地回答。他马上揿亮了一架电视电话机。屏幕亮起来的时候，一个年轻的海军军官面对着他们。

"李参谋，442在Ｏ六海区。"杨教授简短地、明确地说。

"是。"那个李参谋回答道。"我立刻请参谋长上您这儿来。"

"立刻。"杨教授的神态庄重极了。

"442，"沙沙自言自语似的说。"442是什么哩？"

杨教授两眼凝视着孩子们，过一会儿才回答："入侵我国领海的一艘潜艇。"

一场奇妙的战斗

一切都明白了。

鲨鱼侦察兵，并不光用来侦察鱼群，而且用来巡逻守卫着我们的海域——这种哨兵任务完成得很出色，因为敌人是不会注意到一条鲨鱼的。沙沙马上想起来了，爸爸前两天还说过，太平洋特混舰队正在南中国海蠢蠢欲动。敢情这就是那个"特别混"的家伙！我们能让它入侵吗？准得干掉它！一想到这，沙沙感到血涌上面颊，他预感到，马上就有一场战斗发生了。

两个小伙伴显然也听清楚了。他们紧紧挤在一起,一声不吭,密切注视着杨教授的行动。但是杨教授再也不多说话了。他蹙紧双眉,紧紧瞅着第五个屏幕。那条鲨鱼大概不停地绕着潜艇转圈子,所以屏幕上潜艇的形象总在不断地变换角度。有时,它看起来像一支纺锤,有时又像一枚炮弹,有时(当鲨鱼转到潜艇头部或尾部时)看去就像一个圆球。潜艇一动也不动地悬在水中,它在干什么?

门外响起了汽车轮子在沙地上刹车的声音。杨教授匆匆忙忙走出去了,在门口还回过头来看了孩子们一眼,叮嘱小罗说:

"三个小鬼交给你了,别让他们乱跑!"

"是。"小罗挺精神地回答。

糟糕!这一来,他们就看不见战斗是怎样打响的了。这三个在和平岁月里长大的孩子,只在电影里看到过战争,而且不过是陆地上的战争。怎样打潜艇,他们从来没看见过。这热闹怎能够不看呀?阿牯和福海两个一个劲儿望着沙沙。沙沙呢,'就望着小罗。他知道,杨教授就在隔壁和海军的一位什么参谋长商量作战方案,这当然是军事秘密,他们是不应该知道的。可是,可是,他们又怎能抑制自己情不自禁地走出这间屋子呀!

小罗瞥了他们一眼,目光是很明显的:他们应该守纪律。是的,在战争中,尤其要守纪律呐。

沙沙叹了一口气,索性坐下来。两个小伙伴一看,也只好坐下了。

过了不大一会儿,杨教授进来了,一进来就带上门,紧张地问:

"情况没有什么变化吧?"

"没有。"小罗简洁地回答。

"杨伯伯!"沙沙忍不住叫了。"战斗什么时候打响呀?"

"什么战斗?"杨教授装出一副惊讶的样子问道。"你说的什么战斗?"

"歼灭来犯之敌!"沙沙坚决地说,挥舞一下拳头。

"嗬!"杨教授笑了。"好英勇的小战士!那么,我问你,怎么歼灭呀?"

"给他一发鱼雷。"阿牯赶忙说。

"或者来两枚深水炸弹。"沙沙补充说。

"嗬嗬,"杨教授眨着眼睛说。"你们是从小人书看来的吧?问题就那么简单?这是一艘核潜艇哩。"

"怎么?"

"怎么?"杨教授皱起了眉头。"要歼灭它,又不能让它在我们领海里爆炸。要不,放射性污染……"

嗐,真是!放射性污染了海水,那就什么鱼也不用打啦!

"那怎么?"沙沙不甘心地说。"把它轰跑?"

杨教授寻思了一会儿。

"没那么便宜。

"到底怎么收拾它呢?"

杨教授挠挠白发苍苍的头。

"我怎么说好呢?……小伙子们,这是军事秘密。不过你们在这间屋子里,将会看到整个过程的。喂,小罗,我说,让五号鲨鱼撤走吧,撤到O四区……"

"啊,杨伯伯!"沙沙叫起来。"这,我们就什么也看不见了。"

"会看得见的。"杨教授忍着笑说。

潜艇掠到后边了,现在电视屏幕上层现了新的海域:浑身红灵灵的、镶着美丽的金线的红鱼,圆桌面似的、带着一条多刺的尾巴的蒲鱼,灰黑色的鲣鱼……海景是美丽的,但是,潜艇看不见了。

"哎呀,鲨鱼游开去了,我们看不见战斗了。"阿牯嚷嚷道。

杨教授拍拍他的肩膀。

"回头瞧!"

噢，屋角还有一架电视机，屏幕比所有电视机都大，这时已经打开了。只见一群不大的灰黑色的鱼，正一窝蜂似的向前游去。

孩子们定睛看着。福海喊起来：

"这不就是那些鲫鱼吗？"

鲫鱼游得很快，但是电视机镜头一步不拉地追踪着。

"噢，我明白了，换班啦！"阿牯拖长声音说。"鲨鱼不顶用，换了鲫鱼。杨伯伯，这些鲫鱼，一定也安上了您的那个探测器吧？"

"只有其中一条。"杨教授不动声色地回答。

"当侦察兵，它们可赶不上鲨鱼。"沙沙评论道。"鲨鱼游得又快又远，可鲫鱼……"

"鲫鱼有鲫鱼的用处。"杨教授说。"你们耐心瞧瞧。"

但是这段海程很长。他们看了半个多钟点，景色还是那样。

福海不耐烦地转身去看别的荧光屏，嘴里说："我明白了，潜艇还老远老远的……"

"这不就到了，福海！"沙沙喊道。

福海赶紧回过头来。果然，黑乎乎纺锤般的潜艇在屏幕上迅速变大了。这群鲫鱼，虽然只有两三尺长的小家伙，对这个庞然大物却毫不畏惧，纷纷扑上去，把脑袋上的吸盘吸住潜艇的艇底，不动了。

"这是战斗吗？"福海嘲笑地问。

沙沙在想另外的事，他问杨教授："装上了探测器的那条鲫鱼大概没有吸盘了吧？"

"探测器就装在它的吸盘上。"杨教授回答着，随手揿了一下按钮，那架电视电话机屏幕上又出现了刚才那个年轻的海军军官的面孔。

"李参谋，请报告参谋长，可以行动了。"

"是，报告参谋长，可以行动了。"李参谋以军人的准确性重复着杨教授的话。

不过五分钟工夫，孩子听见海面上发出呼啸的声音：一下，两下，三下……

"听见没有？鱼雷！"杨教授得意地说。

沙沙紧紧抓住他的手："不是不让潜艇在我们海域爆炸吗？"

杨教授神秘地说："吓唬它们的。"

果然，电视屏幕上，也看到这些个鱼雷，一个接一个在潜艇两边窜过去，一点儿也伤不着潜艇。但是这艘本来潜伏不动的潜艇，却像突然惊醒那样，倏然震颤了一下，开走了。它跑得那么快，转瞬之间，它就带着吸附在艇底下的十几条鲫鱼，一起从视界消失了。

"跑了！"阿牯惋惜地说。

"跑了！"福海不满意地说

"跑不了它！"沙沙愤愤地挥动着拳头。

杨教授望了望他们三个，忍不住笑起来。

"来，到这边休息一会儿。"他把他们带出电视室。

连 窝 端

这是一间宽大的屋子，周围一圈沙发。

阿牯也没有坐下，嘟囔着："这不叫歼灭来犯之敌，叫作吓跑来犯之敌。"

福海顿着脚："真窝囊！这算什么战斗！"

沙沙不说话，小心地看着杨教授。杨教授慢吞吞地点燃一支烟，才说：

"442潜艇的速度是六十节——你们知道'节'是什么？"

三个孩子都瞪大眼睛。他们固然不知道"节"是什么，更不懂得杨教授这时候有心思闲聊潜艇的性能。

"一节，表示每小时能行驶一海里，即1.852公里。也就是说，442潜艇一小时能行驶六十海里，即一百一十公里。"

杨教授站起来，走到墙上一幅南中国海的大地图上，指点着说：

"它的基地在这儿。"孩子们不嘟囔了，围上来，聚精会神地瞧。"这是仆从国为主子修筑的军港，里面有全部军事设施和差不多整个太平洋特混舰队。离我们这儿是七百海里。"

唔，沙沙听出点门道来了。

杨教授环视了他们一下。

"出一个简单的算术题给你们。被我们吓跑了的潜艇逃回基地，要多少时间？"

"十一个半小时！"阿牯先回答。

"十一个小时四十分钟。"沙沙更准确地回答。

"好！"杨教授满意地说，搓着手，掩饰不住他的得意神色。"我们的十二条鲫鱼肚子里都有一个定时炸弹，十四小时以后爆炸。每个炸弹的爆炸力相当于五百吨黄色炸药……"

"个儿有多大？"阿牯追着问。

"跟一个火柴盒一样。"

"好！"沙沙高兴地说。"这下特混舰队连窝端了。"

"可不！"杨教授两眼炯炯发光。"现在你们该明白吧，为什么要把潜艇吓跑？"

沙沙又问："我们从电视里能看到吗？"

"能。"杨教授肯定地说。

这点又出乎孩子们的意外。

"那条鲫鱼……"福海犹疑地问。

"不，这回不用鲫鱼。人造卫星将在今天午夜从那个军港上空飞过。"

"啊！"孩子们都惊讶得睁大了眼睛。

"好了！你们知道得跟我一样多了。"杨教授挥挥手说："你们去玩吧！还是不要乱跑。下午最好美美睡一觉，今晚我们还要熬夜看夜戏呢！等着，看完这场战斗的胜利，明天再送你们回岛。"

杨教授有一点没有告诉孩子们，就是把他们留在岛上，也是为了军事机密的需要。那艘强盗潜艇，当它被鱼雷吓跑的时候，开足马力向西南方向奔逃。它有时还想停下来，可是沿途早就布好深水水雷，就像一连串鞭炮一样，把这瘟神赶得晕头转向，只有逃回老窝的份儿。这个战略计划就是杨教授和守岛海军某部参谋长共同制订后，在五分钟之后，报告上级批准定下来的。愚蠢的敌人还在讪笑我们的鱼雷命中率太低呢，却做梦也没有想到，它的船底下已经带上了十二个定时炸弹。它和它的"特混"舰队注定逃脱不了覆灭的命运。

将近午夜，孩子们穿得整整齐齐，由杨教授带着，到部队驻地去。他们在那儿，在一座大电视机前面，和海军的指战员一起，观看了从人造卫星拍摄下来的大爆炸。一霎时，爆声隆隆，火光冲天，这真是一幅"壮丽"的景象——它宣布了妄图侵犯我国南海诸岛神圣领土的阴谋的破产，宣布了中国人民自卫反击斗争的伟大胜利。

布克的奇遇

〔中国〕肖建亨

整个故事，是从布克——我们邻居李老的一只狼狗——神秘的失踪，然后又安然无恙地回来开始的。

不过，问题并不是在布克的失踪和突然出现上，问题是在这里：有两位住在延河路的大学生，曾亲眼看见布克被汽车压死了，而现在，隔了三个多月，布克居然又活着回来了！

被汽车压死了的狗怎么会活转来的呢？……嗯，还是让我从头说起吧！

布克原是一只转了好几个主人的纯种狼狗。它最后被送到马戏团里去的时候，已过了适合训练的年龄。马戏团的驯兽员拒绝再训练它，因它在几个主人手里转来转去的时候，已经养成了许多难改的坏习惯。

我们的邻居李老，就是那个马戏团里的小丑。他不但是个出色的喜剧演员，也是一个心地善良的老人。他听说马戏团决定把布克送走，就提出了一个要求：给他一年时间，他或许能把布克教好。

这样，布克才成了我们四号院子——这个亲密大家庭中的一分子。实际上，这是一只非常聪明和伶俐的狼狗。在老演员细心的训练之下，布克很快地就改变了它的习惯，学会了许多复杂的节目。一年快结束的时候，马戏团里除掉那个固执的驯兽员之外，都认为不久就可以让布克正式演出了。

163

　　然而，正当布克要登台演出的前夕，不幸的事件发生了。4月3日那天晚上，布克没有回家。大家等了整整三天，依旧不见它的影子。

　　三天下来，老演员显著地消瘦了。我们院子里的人都知道这是为什么。说真的，我们还从来没见过哪一个人能像李老这样爱护这只狗的。

　　礼拜天一到，我就发动了院子里所有的人，到处去找布克。我这样做，不只是为了老演员一个人，有一大半，也是为了我那个可爱的小女儿小惠。小惠自从五岁那一年把腿跌断了，就一直躺在床上。我上工厂去的时候，虽然公社里有不少阿姨和小朋友来照顾她，可是失去一条腿的孩子，生活总是比较单调的。自从老演员搬到我们四号来以后，情形就好了不少。老演员、布克和小惠立刻成了好朋友。有了布克，小惠的生活也变得愉快得多了，甚至还胖了起来。可是现在……为了不叫老演员更加伤心，我简直不敢告诉他：小惠为了布克，已经悄悄地哭了好几次了。

　　那天，正好送牛奶的老王和邮递员小朱都休息。大家分头跑了一个上午，还是小朱神通广大，他打听到：在3号那天，就在延河路的西头，有一只狼狗被汽车压死了。这只狼狗正是布克。据两个大学生说："他们亲眼看见载着水泥的十轮大卡车，在布克身上横着压了过去。布克当场就死去了。这件事发生的时候，他们正好在旁边。不过，当他们给公安局打完电话回来后，布克的尸体却失踪了！

　　看来悲剧是已成事实。然而，布克尸体神秘的失踪，却使这个心地善良的老演员产生了一线希望：也许布克并没有死，有一天，它也许还会回来的吧！

　　事情的确并没有就此结束。隔了三个多月，有一天，我下班回家，刚走到家门口，就听见小惠和老演员的笑声。这笑声中，还夹着一声声快活的狗吠。

　　"李老一定又弄到一只狗了。"我这样想着。可是一走进屋里，我简直不敢相信自己的眼睛了：这竟然是布克！

"你瞧！你瞧！"老演员一见我就嚷开了，"我说一定是哪位好心人把布克救活了。你瞧，现在它可回来了。"

布克还认得我，看见我就亲热地走过来，向我摇着尾巴。老演员的一切训练，它也还记得；而且，连小惠教给它的一些小把戏，也没有忘记。当场它还为我们表演了几套。

布克的归来，的确成了我们四号院子这个大家庭的一件大喜事。那天晚上，大家都来向老演员和小惠道贺。可是到了第二天，我发觉这里面有些不对头的地方，我突然觉得，布克多少是和从前有些两样了。起先我只是模模糊糊地觉得这样，可是仔细想了一下，我就发现原来布克的毛色和从前不同了。我的记忆力一向很好，我记得布克的毛原是棕黑色的，现在除了脑袋还和从前一样，身上的毛色却比从前浅了一些。我把布克拉到眼前一看，发现它的颈根有一圈不太容易看出来的疤痕，疤痕的两边毛色截然不同。两个大学生曾经一口咬定说：布克的身体是被卡车压坏了。我一想起他们的话不由得产生了一个叫我自己也不敢相信的念头：布克的身体一定不是原来的了！"

我是一个有科学知识的工人，从来就不迷信。但是眼前的事实，却只有《聊斋》上才有！

我越是注意观察布克，就越相信我的结论是正确的。不过，我还不敢把这个奇怪的念头向李老他们讲出来。直到布克回来的第三天早晨，这件事情也终于被老演员发觉了。

这是一个天气美好的星期天。我把小惠抱到院子里看老演员替布克洗澡。我站在窗子跟前，正打着主意，是不是要把我的发现向李老讲出来。忽然，老演员慌慌张张地朝我跑来。他像被什么吓着了似的，上气不接下气地对我喊道：

"这不是布克！啊，这不是布克！"

"瞎说！"我故意这样答道。

"不不不，我绝对不会弄错！"老演员还是非常激动。"布克的肚子下面有一块白色的毛；它的爪子也不是这样的！我记得，它的左前爪有两个脚趾是没有指甲的。可是现在，你瞧，白色的毛不见了，指甲也有了，身上的毛色也变浅了！"

我和李老都没有把这件事向大家讲出来。因为讲出来，谁也不会相信我们的，只会引起别人的嘲笑。

布克演出的一天终于来到了。四号院子里的人，能去马戏场的都去了。但是在所有的人当中，恐怕不会再有比老演员、小惠和我更加激动的了。临到上台之前，老演员忽然把我叫到后台去。他的脸色很难看。老演员指着布克对我说。

"你看看，布克怎样了？"

布克的精神看起来的确不大好。它好像突然害了什么病似的。然而那天布克的演出，还是尽了职的。这是老演员精心排练的一个节目：他突然变成了一个宇宙航行家，带着一只狗去月球航行，结果由于月球上重力比地球上小得多，闹了不少笑话。观众们非常喜欢这个新颖的节目。老演员和布克出来谢了好几次幕。布克演出的成功，使老演员非常地激动。在最后一次谢幕的时候，他忽然一下子跨过绳圈，把小惠也抱到池子中心去了。在观众的惊奇和欢呼之下，小惠叫布克表演了几套她教它的小把戏。

布克立刻成了一个受人欢迎的演员。可是，到了演出的第三天，突然又发生了一件新的事故：布克的左后腿突然跛了，演出只好停止。第二天，事情又有了新的发展。

那是星期六的下午。我和老演员把小惠抱到对面公园的大树下，让布克陪着她玩，然后各自去上班了。没想到我从工厂回来，却看见小惠一个人坐在那儿抽抽噎噎地哭。原来我们走后不久，就来了一个陌生人。他好像认得布克似的，问了小惠许多问题。最后他对小惠说，这只狗是从他们实验室里跑出来的。他终于说服了小惠，留下了一张条子，把布克带走了。可是布克一走，小惠又后悔起来，急得哭了。

我打开那张便条的时候，老演员正好从马戏团里回来，那张便条上这样写道：

同志，我决定把这只狼狗牵走了。从您的孩子的口中听来，我觉得其中一定有许多误会。由于这只狼狗跟一个重要的试验有关，所以我不能等您回来当面解释，就把它带走了。如果您有空的话，希望您能到延河东路第一医学院附属研究所第七实验室来面谈一次。

一听到实验室和医院这几个字，老演员、小惠都急坏了。

"爸爸！布克病了吗？爸爸！布克病了吗？"小惠抓住我的手，着急地问。老演员呢，只是喃喃地说：

"啊，可怜的布克！我们这就去！我们这就去！"

在第七实验室里将会遇到些什么，我们原是没有一点儿准备的。现在回忆起来固然好笑，可是在当时，我们真为布克担了许多心。

研究所比我们想象的要大得多，这差不多是一幢大厦了。我们在主任办公室等了半个多钟头，秘书告诉我们说主任正在动手术。李老等不及了，拉着我要上手术室去找他。我们刚走出房门，就发觉我们是走错了路，走到一间实验室里来了。我正想退去，老演员忽然惊呼了一声。随着他的指点，实验室里的一些景象，也不由得把我钉在地板上了。

在这间明亮而宽敞的实验室的四旁，放着一只只大小不同的仪器似的大铁柜。铁柜上部都镶着玻璃，里面亮着淡蓝色的灯光。透过玻璃，我们看到里面有一些没有身体的猴头和狗头，在向我们龇牙咧嘴地做着怪脸。有一只大耳朵的猎狗的狗头，当我们走近的时候，甚至还向我们吠叫起来，可是没有声音。

这些惊人的景象，叫我记起了一年多以前在报纸上登载过的一则轰动一时的消息：苏州的一些医学工作者进行了一些大胆的试验，他们使一些切掉了身躯的狗头复活了。他们还把切下来的狗头和另一只狗的身体接了起来，并且让这些拼凑起来的狗活了一个时期。他们还进行了另外一些大胆的试验：掉换了狗的心脏、肺、肾脏、腿或者别的一些组织和器官。以后，我在一次科学知识普及报告会上，进一步地了解了这件工作的意义。原来医学工作者做这一系列试验，是为了解决医疗上的一个重大的问题，给人体进行"器官移植"。因为一个人常常因为身体上的某一个器官损坏而死亡。如果能把这个损坏的器官取下来，换上一个健全的，那么本来注定要死亡的人，就可以继续活下去了，就可以继续为社会主义建设事业贡献出更多的力量。显然，这些试验如果能够获得成功，不但能挽救千千万万病人的生命，而且也能普遍地延长人类的寿命。

我们终于在手术室的门口，找到了第七实验室的主任——姚良教授。他是一个胖胖的，个子不高而精力充沛的中年人。用不着几分钟，我们就弄清楚了许多原先不清楚的事情。

正如我们所猜测的一样，第七实验室在进行着器官移植的研究工作。布克那天的确是被卡车压死了。那天，实验室的工作人员被派到郊区去抢救一个心脏受了伤的病人。他们的出诊车在回来的路上，正巧碰上了这件事故。他们从时间来推测，布克的心脏虽然已经停止跳动，血液已经停止循环，可是它的大脑还没有真正死亡。只要把一种特别的营养液——一种人造血——重新输进大脑，那么，布克还可能活过来。

出诊车上正好带着一套"人工心肺机"。实验室的工作人员毫不迟疑地把布克抬到车上。他们知道：在这种情况下进行紧急抢救，比在研究所里做试验的意义还重大得多。因为在大城市里，许多车祸引起的死亡，就是由于伤员在送到医院去的途中耽搁的时间过长了。

工作人员估计得一点不错：布克接上了人工心肺机才5分钟，就醒了过来。然而，布克的内脏损伤得太厉害，肝脏、脾脏和心肺，几乎全压烂了。这些器官已经无法修复，当然也不可能全部把它们一一掉换下来。最后，专家们就决定进行唯一可以使布克复活的手术，把布克的整个身体都换掉……

"可是,"听了姚主任的解释,我突然记起了去年在那次报告会上听来的一个问题。

我说:"姚主任,器官移植不是一直受着什么……什么'异性蛋白质'这个问题的阻碍吗?难道现在已经解决了?"

"对,问得对。"姚主任一面用诧异的眼光打量我,一面回答说,"是的,在几个月以前,器官移植还一直是医学界的一个理想,以前,这只狗的器官移植到另一只狗身上,或者这个人的器官移植到另一个人身上,都不能持久。不到几个星期,移植上去的器官就会萎缩,或者脱落下来。这并不是我们外科医生的手术不高明,也不是设备条件不好,而是由于各个动物的组织成分的差异而造成的。这种差异主要表现在蛋白质的差异上。谁都知道,蛋白质是动物身体组织的主要成分。科学家早就发现,动物身体组织中的蛋白质,总是和移植到身上来的器官中的蛋白质相对抗的,它们总是要消灭'外来者',或者溶解它们。所以在以前,只有同卵双胞胎的器官才能互相移植。因为双胞胎的蛋白质的成分是最相近的……"

"这么说来,那布克呢?它也活不长了?"一听姚主任这样解释,老演员立刻着急起来。

"不,"姚主任笑了笑,"我说的还是去年的情况。你们也许还不知道,现在,全世界的科学家都在寻找消灭这种对抗的方法。五个月前,我们实验室已经初步完成了这个工作。我们采用了这样的几种方法:在手术前,用一种特殊的药品,用放射性元素的射线,或者用深度的冷冻来处理移植用的器官和动手术的对象。当然,一般说来,我们这几种方法是联合使用的。布克在进行手术之前,也进行过这种处理……"

"啊!"我和老演员心里放下了一块石头。"这么说,布克能活下去了?"

"不,不,"一提到这个问题,姚主任脸上立刻蒙上了一层阴影。"你们别激动，布克，你们要知道，我们对它的关心也决不下于你们。在这种情形下救活的狗，对我们实验室，对医疗科学，有特别重大的意义。它的复活能向大家证明，器官移植也能应用到急救的领域里去。可是说真的，当时，我们并不知道这只狗是有主人的。唉，这真是一只聪明的狼狗，它居然能从我们这儿逃出去！可是这一段时间的生活，显然对它是不利的。要知道，我们进行了手术以后，治疗并不是就此停止了，我们要给它进行药物和放射性治疗，这是为了使蛋白质继续保持一种'麻痹'的状态。另外，我们还要给他进行睡眠治疗。这你们是知道的，根据巴甫洛夫的学说，大脑深度的抑制，可以使机体的过敏性减低……"

"那布克……布克又怎样了呢？"我和老演员不约而同地喊了起来。

"是的，布克的情形很不好。它的左后腿就是由于这个原因才跛的，那儿的神经显然已经受到了影响。如果不是我们的工作人员偶然碰到了它，这种情形恐怕还要发展下去。我很奇怪，为什么你们没有见到我们寻找失狗的广告。布克一逃走，我们的广告第二天就在报纸上登出来了……"

姚主任忽然打住了。他犹疑了一下，突然站了起来，说："请跟我来吧。我带你们去看看布克。不过，请你们千万别引起它的注意和激动。"

这个时候，我们的心情是可想而知的了。我觉得仿佛是去看一个我们自己的生了病的孩子，更不用说那个善良的老演员有多么激动了。

我们在实验室楼下的一间房间里，看到了真正的奇迹：一只黄头黑身的狼狗；一只棕黑色的猎犬，却长着两条白色的后腿；至于那只被换了头的猴子，如果不是姚主任把它颈子上的疤痕指给我们看，我们是绝对看不出来的。这些经过了各种移植手术的动物，都生气勃勃地活着。这些科学上的奇迹，是为了向世界医学工作者代表大会献礼而准备着的。在我们看到的时候，对外界来说，还是一个小小的秘密。

在楼下的另一个房间里，我们终于看到了我们那个非常不幸，也可以说是非常幸运的布克。不过。这时它已经睡着了，是在一种电流的催眠之下睡着的。它把它的脑袋搁在自己的——也可以说是另一只狗的——爪子上，深深地睡着了。几十只电表和一些现代化的仪器，指示着布克现在的生理情况。几个穿着白大衣的年轻的医学工作者，正在细心地观察它，服侍它，帮助它进行这一场生与死的搏斗。

姚良教授显然也被我们对布克的感情感动了，这个冷静的科学家，突然挽起了我们两人的胳臂，热情地说："相信科学吧！我们一定能叫它活下去！"

那天从研究所回家后，我好久好久都在想着一个问题。第二天早晨，我一打开房门，就看见老演员也站在门口等着我。我们用不着交谈，就知道大家要说些什么了。

"走，我们应当马上就去找姚主任！"老演员说道。

聪明的读者一定知道，我们这次再去找姚主任是为了什么。是的，这一次，是为了我们的另一孩子——小惠——去找这位出色的科学家的。

在报上读过"世界医学工作者代表大会"的报道和有关我们的新闻的人，当然用不着再读我的这最后的几句话了。但是，我那喜悦的心情，使我不得不再在这儿说上几句。

在"世医大会"上，各国的医学家们都肯定了姚良教授和他的同事们的功绩。大会一致认为：姚良教授的试验证明，器官移植术已经可以实际应用了。换句话说，已经可以应用到人的身上来了。

正如你们所知道的一样，第一个进行这种手术的，是我那可爱的小女儿——小惠。你们一定已经看出，我是很爱小惠的。第一个进行这种手术当然有很大的危险。但是科学有时候也需要牺牲，任何新的事物，总要有第一个人去尝试。我可以这样说，如果科学事业需要我的话，我一定会挺身而出的，更不要说是能使千百万人重新获得生命和幸福的重大试验了。

小惠的手术是在九月里进行的。离开大会只有五个多月。这种的作风和魄力，使国外许多有名望的医学家都感到惊讶。六个月以后，小惠已经可以下地走路了。被移植到小惠身上的那条腿，肤色虽然有些不同，用起来却和她自己的完全一样。

第二个进行这种手术的是著名的共产主义劳动英雄、钢铁工人陈崇。在一次偶然事故中，他为了抢救厂里的设备，一只手整个儿被烧坏了。劳动英雄陈崇的手术进行得也很顺利。以后，心脏的掉换、肾脏的掉换，都在第一医学院里获得了成功。姚良教授的方法，同时迅速地推广到别的城市和国外去了。

至于布克，我想也用不着我在这儿多介绍了。自从报纸上介绍了它的奇遇以后，它已经成了一个红得发紫的演员了。为了满足许多人的好奇心，布克终于被允许在马戏团里演出。它的后腿还微微有些儿跛，可是它那出色表演却弥补了这个不算太大的缺陷。

我还记得布克重新登台那天的盛况。姚良教授和我们四号院子里的朋友当然都去了。布克的节目是那天的压台戏。当表演完毕，在谢幕的时候，知道这事件始末的观众突然高声地喊了起来：

"我们要小惠！我们要姚良教授！"

"我们要小惠！我们要姚良教授！"

戴着尖帽子，穿着小丑服的老演员，激动得那样厉害。他突然从池子那头，一个跟头翻到我们的座位的跟前。他非常滑稽地，但是又非常严肃地向我们做了一个邀请的姿势。在观众的欢呼声中，小惠拉着姚主任的手，就像燕子似的飞到池子中间去了。

看到小惠能这样灵活地走动，就不由得叫我记起了她第一次被老演员抱到池子里去的情景。我不觉激动得眼睛也被泪水模糊了。当然，你们一定知道，这并不是悲伤，这是真正的喜悦！为科学，为我们人类的智慧而感到的喜悦！

梦梦买猫

〔中国〕刘　咏

夜里，妈妈听到厨房里有"吱吱"的叫声，早晨发现菜篮里的胡萝卜被老鼠咬得乱糟糟的。

"不得了，有老鼠啦！"妈妈惊叫着说。

"很久没有老鼠了，怎么又出来老鼠啦？赶快去买只猫吧，今天就去买。"爸爸说。

"今天我们俩都要上班，没有时间去买，可怎么办啊！"妈妈心急地说。

"叫梦梦去买。"爸爸说。

"哎呀，这孩子是个小马虎，做事总是粗心大意的，又喜欢胡思乱想。买猫是个细活，我怕他买不好！"妈妈担心地说。

"都小学五年级了，叫他去锻炼锻炼。告诉他细心点，不许乱来！"爸爸果断地说。

梦梦高兴极了。刚一下课，就背着书包，急匆匆向动物商店走去。

动物商店坐落在市中心的繁华地段，建筑和装潢都非常漂亮。自动玻璃门，两旁晶莹透亮的大橱窗里，陈列着各种动物标本。不知道的人，一定以为这家店里，摆满各种笼子，笼子里关着各类动物，动物发出各种叫声，噪噪杂杂，店堂里还充塞着奇异难闻的味道。其实不然，透过自动玻

173

璃门望进去，只见店堂里不但没有一只笼子，更没有任何动物，里面是一排排整整齐齐的货架子，货架上摆着一个个明光锃亮的圆形的罐子，店堂的地板也明光锃亮。

梦梦走进自动玻璃门，半圆形柜台里有个营业员阿姨和蔼地说："小朋友，你要买什么动物啊？"

"猫。"

阿姨从柜台里面取出一个塑料匣子，大小正好可以装进一只猫。这个匣子有点奇怪，密封得严严实实，朝上一面有一根一寸多长的细管子，笔直的竖着。

阿姨把匣子交给梦梦，关照说："小朋友，我们是自选商店，要顾客自己动手。这里有张配方表，你仔细看看，把猫的配方看清楚，再进去，别弄错了。"

柜台旁的墙壁上挂着一张很大的图表，图表的上方大字写着"各种动物的基因配方"。

生物工程科学家们，经过多年日日夜夜艰辛的劳动，把许多生物细胞里的基因储存的遗传信息分析清楚，现在可以人工制造这些基因了，因而也就可以用人工制造的各种基因，来合成各种生物的细胞，培育成各种生物了。为了满足人民生活的需要，于是，开设了这爿售卖动物基因的动物商店。

图表上开列着所售卖的动物的名称，还画着图形，写着合成这种动物的基因编号。梦梦最感兴趣的是蝈蝈和蟋蟀。他想，到了冬天他要来买一只蝈蝈，放在一个小葫芦里，在葫芦上扎几个眼，透空气，揣在怀里贴肉的地方，多么冷的天气，也不会冻死，随时可以听到蝈蝈从怀里发出的清脆的叫声，好听极了！他还想买两只蟋蟀……

梦梦在图表前站了很长很长时间，才向店堂里面的一排排货架子走去。他并没有认真看猫的各种基因编号，因为他知道货架子上都写得清清楚楚，而且装在圆形罐里的基因，都是经过初步加工合成过的，大片的基因已经连结在一起，已经形成各种器官的基因半成品，简单多了。

有许多顾客手拿大小不同的塑料匣子，穿行在一排排货架子间，自选所需要的商品。那些金属的或陶瓷的罐子，都是密封的，下部有一个可以自动开启与闭合的小眼，顾客们把手中的塑料匣子上的小管子，对准这个小眼用力一顶，就会将罐子里的一定量的基因，通过小管子送入塑料匣子里。

梦梦在写着"心脏""眼睛""腿"等等的货架子间走进走出，他把塑料匣子上的小管子，对准写着猫基因的一个又一个圆形罐子的小眼，把猫的各种器官的基因送入塑料匣子。当他走到储存尾巴基因的罐子前时，看到写着猪基因的罐子，他忽然想：啊！猪！猪的小尾巴太有意思了，短短的，不光会摇，还会卷成一个圆圈。上次他跟爸爸和妈妈就来买过一只小猪，回家吃烤小猪肉，好吃极了，连小猪的尾巴也烤了，吃了……他想着想着，竟然糊里糊涂地把塑料匣子的小管子，对准猪尾巴基因罐子的小眼顶进去。然后又走向别的货架子。过了一会，当他走到储存喉咙基因的罐子前时，看到写着鹦鹉基因的罐子，他忽然想：鹦鹉不光毛色华丽好看，还会学人说话……他想着想着，竟然又糊里糊涂地把鹦鹉喉咙基因，装进自己的塑料匣子。最后，梦梦把猫基因都收集齐了，回到营业员阿姨的柜台前，阿姨一看这个匣子，知道买的是猫基因，很快把价钱就算出来了。梦梦付了钱，拿着塑料匣子走出动物商店。

塑料匣子有一个名称，叫作"动物基因合成培养器"。里面装有新型催化剂和生长激素。当合成一个动物的全部基因进入匣子以后，在匣子里的特殊装置中马上合成一个完整的细胞，在催化剂和生长激素的作用下，细胞立即分裂成长，速度非常快，使人难以想象。

梦梦兴高采烈地走过大街，穿过马路，他觉得拿在手中的塑料匣子渐渐重起来，越来越沉重，他不得不用双手捧着抱在怀中。回到家时，匣子里已经有东西在蠕动，发出撞击匣子的响声。梦梦高兴得心都要跳出来了，连声说："猫咪，猫咪，不要急，我马上把你放出来！你是什么样子呢？是两只眼睛都是蓝的呢？还是一只眼睛蓝一只眼睛黄呢？……"

梦梦用手把塑料匣子上的小管子转了半圈，然后一拉，就把匣子的盖子拉开了。只见一只全身雪白的猫从匣子里跳出来。

"啊呀，好漂亮的小白猫啊，多可爱呀！"梦梦不禁欢喜得大声叫起来。

小白猫亲昵地用头蹭梦梦的脚，并且摇着它的尾巴——啊呀，一条黑色的、短短的、细细的猪尾巴！这条小小的猪尾巴摇着摇着卷成了一个小圆圈，盘在小白猫的屁股上。

"丑死了，怎么会生出一条猪尾巴呢？"梦梦奇怪地说。

碗橱里有半条吃剩的鱼，梦梦用筷子夹了一些鱼肉放在一个小盘子里，放在地上给小白猫吃。小白猫看见鱼，立即贪婪地摇着小黑尾巴张开嘴想吃，不料，这时从它的喉咙里却发出了抗拒的声音："不吃鱼！不吃鱼……"把梦梦了一跳！奇怪呀，怎么从猫的喉咙里发出了鹦鹉学人说话的声音呢？

梦梦在书上看到过，鹦鹉是吃植物果实的，当然不吃鱼。

只见小白猫张开嘴巴想吃盘子里的鱼，同时又从喉咙里发出来"不吃鱼，不吃鱼"的鹦鹉抗拒的声音，以致小白猫张开嘴巴想吃，却不能吃，自己和自己僵持着，急得四只脚爪乱抓地板，小黑尾巴不住地乱摇。

"糟糕，这只猫不能吃鱼，当然，更不能吃老鼠了！"梦梦看着眼前的景象，懊丧地说。

"这可怎么办啊！爸爸妈妈下班回来，看见我买来这么一只奇怪的不能捉老鼠的猫，定要骂的……"

梦梦心急火燎，不知怎么办才好。想吃鱼又吃不上鱼的小白猫，急得快要把地板抓破了！

突然，梦梦情急生智，一把揪住小白猫的颈背，塞进塑料匣子里，迅速把盖子插进去，关紧，双手捧起匣子往外跑。他要送回动物商店，请那位营业员阿姨想办法处理。

营业员阿姨会有办法吗？这可难说呀！

海豚阿回

〔中国〕王亚法

　　红领巾号生物考察船的船舱里，于益教授坐在电视机前，给少年宫前来实习的海豚饲养员小军讲述海底的秘密。

　　"呜——"突然一声怪叫，电视里出现了一团混浊的泥浪，像翻滚的乌云，把荧光屏遮得忽明忽暗。

　　于教授从沙发上蹦起来，扑到电视机前进行紧张的调谐。

　　不一会，电视里意外地出现了一个令人惊心动魄的搏斗场面——

　　一个全副武装的潜水员，握着激光手枪，正在追赶一只庞大的海怪。潜水员背上的推进器，像风扇叶片似的急速旋转着。那流线型的潜水头盔，在水面不停地左右回顾，像一条凶猛的虎鲨。突然，那只被追赶急了的海怪，转过山羊似的小脑袋，咧开那张和脑袋显然不相称的大嘴，向潜水员猛扑过来。那凶相仿佛要把对方一口吞下似的。潜水员关闭了背上的推进器，划动着宽阔的脚蹼，机灵地闪开了。那海怪扑了个空，愤怒地吼叫一声，转过身子，第二次死命地向潜水员冲去。这时候，电视里出现了那怪物的整个形象：瘦小的脑袋，长得不相称的细长脖子连接在那具庞大的身躯上，圆墩墩的屁股后面，拖着一条和鳄鱼一样的粗大尾巴。它划动着四只样子像脚，但长着蹼的鳍，笨拙地向潜水员挑衅，并瞪大圆鼓鼓的

177

眼睛，发出"呼噜呼噜"的惊叫声来威胁对方，说时迟，那时快，潜水员趁怪物还没完全转过身子的当口，端起激光手枪，正要瞄准，不料那海怪突然转回身子，扬起那条粗大的尾巴，向潜水员拦腰扫去……

"啊——"随着小军的惊呼，电视里又出现了一片模糊的泥浪……

潜水员和海怪一起失踪了。

"快，抢救潜水员要紧！"于教授大声命令，"快去准备'探索号'潜水器，把那只聪明的阿回也带去！"

"是！"小军倏地敬了个少先队礼。一转身，他那咚咚的脚步声，就在走廊上消失了。

大约两分钟后，于教授和小军就乘上了"探索号"潜水器，急速地向海底下沉了。潜水器的舱间不大，四壁嵌满了各种仪表和圆形窗。舱的后半间，是一堵透明的有机玻璃壁，里面灌满了水，一只结实的海豚，正静静地伏在那里。它那粗壮的尾巴，在悠闲地拨动着，仿佛在沉思，又好像一个正在待命冲锋的士兵。

于教授从简易写字台旁直起腰，递过一张字条："小军，快去告诉阿回。"

小军接过字条，上面写着：

五号地区，一个潜水员，在和一只凶猛的海怪搏斗时失踪，望速寻找。

小军打开电子计算机，把字条上的字翻译成信号，然后又把记录有信号的纸带，放进一架特殊的仪器里，那仪器能把信号变成海豚的语言，告诉海豚。

几乎是同时，有机玻璃后面的海豚，点了点头，抖了抖背上的鳍，表示乐意的样子。那架仪器显示出了海豚愿意执行任务的讯号。

小军高兴地向于教授做了汇报。

"哈哈，这都是你平时驯养的结果。"于教授平静的脸上，闪过一丝笑容。

正说着，操纵台上的一只指示灯跳动了一下。于教授慢慢说："我们现在已经进入海下四百米的深水区了，这个深度，太阳光是照不到的。"

小军向窗外望去，四周果然一片漆黑，只有不远处，忽隐忽现地闪过几个萤火虫似的光点。小军关闭了舱内的灯光，打开电视机的旋钮。顿时，荧光屏上出现了一群闪着红、黄、蓝、绿光泽的小鱼。那些鱼的样子长得稀奇古怪：有的长着一团蓬乱的触须，像一个形象很丑秽的老头；有的鼓着圆滚滚的大肚子，活像只大皮球似的在水晶宫中翻滚……

于教授指着荧光屏说："这些深海鱼，长期生活在黑暗的环境里，有的已经退化成盲鱼了。你看那长着胡须的鱼，它只能凭借那触须来寻找食物。你可别小看它的触须呵。"他理了理嘴唇上粗硬的胡子，继续说，"这些触须是很灵敏的，就连小动物呼吸时激起的微弱声浪，它都能辨别出来。"

舱间里仍然是一片寂静。于教授又说："也有一部分鱼，它正好和盲鱼相反，有着一双特别敏锐、特别大的眼睛。那双眼睛活像一架望远镜，鼓在外面，借着一丝偶然射来的光线，捕获猎物。那些闪光的鱼就更有意思啦，它们自备'灯笼'，遇上敌害时，还会自己熄灭呢。"

正说着，潜水器已经进入五号地区了。

水深指示仪上的数字在不断跳动着：1000米、2000米……

于教授严肃地望着透明壁后安详地匍匐着的阿回，对小军说："给阿回加压！"

小军按下一只装有红灯的开关。瞬时，一阵细弱的"丝丝"声，从阿回的舱内传过来。

"于教授，深海动物一定都有一副又厚又硬的盔甲吧？否则，按照水深每十米增加一个大气压，在这数百个大气压力下，海兽不会被压扁吗？"小军望着玻璃壁后显得烦躁不安的阿回说。

"不，不，"于教授摇了摇头说，"深海动物有着特殊的结构，它们的表皮多孔而有渗透性，海水可以直接到细胞里，使身体里外的压力保持平衡。这样，压力再大也相互抵消了。"

说着，"丝丝"声突然停止了，红灯自动熄灭，说明阿回体内的压力，已经和潜水器外的海水压力一致了。舱里恢复了原来的宁静。

于教授检查了舱内所有的仪表，果断地命令："放阿回出去！"

"是！"小军拉了下闸把，潜水器的尾部敞开了一个大洞，阿回猛一调头，蹿了出去。

海底，像长夜的天空一样，宁静、黑暗，潜水器的强烈光柱，像探照灯一样直射前方。

小军望着消失的灯影里的阿回，心里有说不出的高兴和担忧……

两年前，小军刚进中学的时候，他参加了少年宫的"海生动物驯养班"。在于教授的辅导下，他接受了驯养海豚阿回的任务。在和阿回的长期接触中，小军发现，海豚在很浑浊的水里，照样有捕捉到活鱼的本领。有一次，他做了一个有趣的试验：用两只橡皮吸盘蒙住了阿回的双眼，结果阿回在看不见光的情况下，仍然能准确无误地捕获猎物。他把试验的结果告诉于教授，教授高兴地告诉他，海豚头部有一对天生的"雷达"，它会发出一种特殊的声音，来辨别水里的目标。那天，教授很高兴，他把自己多年来在对海豚语言研究方面的情况，告诉了小军。

"语言，海豚还有语言？"小军心里想。从此，他协助于教授，做了不少探索海豚语言的试验。

这次，小军第一趟带着阿回，跟随红领巾号生物考察船来执行任务。你说，他怎么会不高兴呢？然而，阿回潜入这样的深海毕竟还是第一遭啊，万一……小军的心像被揪住了一样的紧张。

"你看！"于教授熄灭了舱间的灯光，他的声音把小军从沉思中唤醒过来。这时，电视机里出现了阿回在水底礁石丛探索的镜头。它像一个老练的侦察员一样，小心翼翼地四处巡视，缓慢前进。

"阿回真能干，它完全可以独立工作了。"于教授调谐着电视机的明暗度，高兴地说。

"是啊……'小军正要接下去讲，只见阿回突然加快了速度，朝一个井穴般的窟窿里钻去。

虽然是漆黑的海底，但通过激光电视接收装置，在电视里反映出来的图像，仍然十分清晰。在大约五米直径的窟窿中央，仰卧着一个四肢展开的，穿着潜水衣的人。阿回警惕地在他身边转了几圈，然后灵巧地用嘴把他托起来，利用海水的浮力，吃力地朝前推进。经过阿回的几次努力，潜水员开始蠕动了，他艰难地站起来。这时候可以看到，由于刚才受到海怪的猛烈袭击，潜水员的头盔被撞了个大凹窝，激光手枪不见了，脚下的橡胶蹼也只剩了一只，背上的推进器像被绞过似的扭曲着。他像掉入井底那样，步履踉跄地在洞壁四周摸索，试图寻找一条出路。当电视上出现他的背影的时候，小军几乎和于教授同时叫出声来："啊！是海底矿藏考察队的。"

这时候，阿回像一个机智的救护员一样，敏捷地游到潜水员的脚下，乖乖地伏下身子，示意潜水员骑上它的背，把他带出去。

阿回的好意，使潜水员感到意外的惊奇，他惶惑地望着这奇怪的海豚，一时不知所措。

就在潜水员犹豫的一瞬间，一团白色的柔软物，从"井洞口"掉了下来。

就在这时候，阿回疯了似的朝那团白色怪物扑去。瞬间，那团怪物展开柔软的触须迎了上来。

"章鱼！"于教授惊叫起来。

一场厮杀开始了，章鱼瞪大圆圆的黄眼睛，挥舞着八条像蛇身一样柔软而又有力的触手，凶神恶煞地把阿回拦腰攫住。阿回拍打着尾巴，拼命搏斗着。在一旁惊呆了的潜水员，几次挥舞着双拳，想上去助阿回一把力，但他无法近身。这时候，狡猾的章鱼偷偷伸过一只触手，妄图堵住阿回的呼吸孔，把它闷死。谁知阿回倏地一抬头，一口咬住那只伸来的触手。这突如其来的回击，使那章鱼异常的疼痛和惊吓。它放松了对阿回的缠绕，拼命想缩回那只被咬住的触手。谁知放松后，阿回力气更大了，死劲咬住章鱼的触手不放……在这生死攸关的时刻，章鱼使出了它最后的绝招。

"放毒！"随着小军一声惊呼，一团黑色浆液在翻滚着，犹如雷雨前天空中的乌云，一眨眼，把整个荧光屏遮住了。

小军知道，如果阿回不幸吸进章鱼的黑汁以后，会中毒的。他用颤抖的声音请求："于教授，让我去助战吧？"教授沉着地回答："不要怕，根据这条章鱼的大小判断，它战胜不了阿回的。不过，这聪明的阿回可能要受点小伤。"

不一会，电视上的"乌云"渐渐地消散了，刚才阿回和章鱼搏斗的战场又显露了出来。果然，那条章鱼软绵绵地瘫在洞底下，缩成一团，在微微颤抖。潜水员赶紧扑过去，狠狠跺上几脚，直到它完全不能动弹为止。

不知什么时候，阿回又在电视中出现了，它围绕死章鱼兜了几圈，然后拖着疲惫的身子，摆动着尾巴，游到潜水员身旁，乖乖地伏下，并不时重复着刚才的动作，示意潜水员骑到它的背上去。

刚才发生的一切，潜水员感到异常的疑惑和不安。他知道，海豚通过驯养能够为人服务。但他对阿回的来历还不明白，所以他对阿回的一番盛情，还不敢马上相信。他试探着摸了摸阿回的头，聪明的阿回友善地张开口，吻了吻潜水员的金属手套，摆动着尾巴，仍然重复着刚才的动作。

这时，潜水员才放心地迈开笨重的步子，跨到阿回肥壮的背上……

"探索号"潜水器的舱间里，灯光通明。于教授正在接待一位陌生的客人。也许是太饿了吧，客人用汤匙把罐头里的食物大口大口朝嘴里送。

"你是海底矿藏考察队的吧?"于教授问。

"是啊,我是和同志们一起来海底寻找镍矿的,我走在队伍后面。真不凑巧,半路上遇着一只奇怪的海兽,突然对我发动了进攻,我跟它展开了激烈的搏斗,我掉队啦……"他一面说一面咀嚼着。

"我都看到啦。"客人的渲染并没有引起教授的兴趣,他淡淡地回答。

"都看到了?"客人奇怪地问。

"是呀,我们在你出事的五号地区,安放了激光电视装置。通过它,能看出五号地区的一切。你幸亏在电视里给我们发觉,否则可危险呐。"于教授说。

"同志,你们是……"客人肃然起敬地问。

于教授微笑着说:"这是少年宫的一条考察船,我是给他们做辅导的。这次出海主要是带领一群海豚来搞实地演习。"

"海豚?就是刚才驮我的那个黑家伙。"客人见教授在点头,于是扔下空罐头,继续说,"我起先还以为它是野生的呢,谁知它像警犬一样机敏、勇敢。如果没有它,我今天准要吃章鱼的大亏。"

教授看到客人赞扬他的阿回,脸上显出了得意的神色。他说:"有人把海豚称作水下警犬,其实哪,它比警犬要聪明得多,是海洋中的'智能动物'。"客人不禁赞叹地说:"如果海豚能早日为我们海底勘察服务,那该多好呀!"

"可不,我们训练的海豚,已经能在深海帮人们做不少事啦,诸如:侦察鱼群的行迹、执行深海爆破任务、侦察潜艇、抢救落水人等。最后,我们又解决了人和海豚通话的难题。用不了多久,我们将把一批已经训练成熟的海豚移交给你们单位,供实际应用。"

"真的?"客人高兴地问。

这时候,小军给阿回受伤的嘴唇敷过药,从隔壁舱洞里钻过来。他听见于教授和客人正在谈论移交海豚的事,便关切地问:"于教授,阿回也移交给他们吗?"

"嗯, 舍不得吗?" 于教授望着小军胸前的红领巾问。

"不, 不是的……" 小军克制着自己的感情回答。

"哈哈……" 于教授和客人一起笑了。小军绽开了挂着泪花的小脸蛋, 也笑了。

"探索号潜水器返航了, 它缓缓地向上升着。操纵台上的指示灯, 在不断地变换着信号和数字。

透明玻璃壁后面的阿回, 正摇晃着尾巴, 在追赶一群惊慌逃窜的小鱼。

小军按了下减压开关, 舱里又响起了加压时那种细弱的 "丝丝" 声。减压结束后, 阿回自然地晃了晃身子, 把头套进一只特殊的金属帽子里。这时候, 操纵台上的红灯, 一闪一闪, 放出脉冲式的闪光。阿回舒坦地摆动着身子, 显出一副轻松的神态。

客人望着阿回的动作, 诧异地问: "它在呼吸氧气吧?"

"不, 这顶特殊的帽子里, 有一个放脉冲电流的电极, 它正好对准海豚脑子的快感区, 海豚戴上它, 会得到一种意外的快感。每当海豚立功后, 我们就用这个办法奖励它。你看, 这家伙现在多舒服。" 于教授指着阿回轻轻摆动的尾巴, 差点笑出声来。

说起帽子, 客人仿佛想起了一件什么事。他拍着脑袋喊: "啊哟, 我的潜水头盔呢?"

"在这里呢, 刚才给你减压时, 把它忘在减压箱里了。" 小军将一只有凹窝的湿淋淋的头盔放到他面前。

"老天, 总算没撞坏。" 客人自言自语地拣起头盔, 从前额的地方拧下一只水下微型照相机, 递给于教授, 问: "这里有冲洗设备吗?"

"干什么?" 于教授接过照相机问。

"这里边有我刚才跟海怪搏斗时拍摄的全部电影胶卷, 您是搞海洋生物的，留着或许有点用处。"

"啊，那太感谢了！小军，快拿去冲洗。"于教授高兴地吩咐。

半小时后，荧光屏上映出了潜水员和海怪搏斗的慢镜头。

"教授，这家伙的动作很笨拙，如果有几只海豚做助手的话，我一定能抓个活的。"客人很自信地说。

"是啊，如果海豚投入应用的话，肯定会解决不少水下困难。"于教授点了点头回答。

说话间，舱间圆形玻璃上蒙上了一层浅淡的玫瑰色。随着"探索号"的上升，那颜色越来越亮，它仿佛在告诉人们，潜水器离水面越来越近了。

"潜水员同志，出了水面请您先到我们红领巾号上作客吧！"小军巡视着操纵台上的仪表，热情地对客人说。

"好，那太好啦。"客人笑眯眯地答应。

说着，潜水器已经浮出水面，小军争先恐后爬上梯子，打开通向嘹望台的舱盖，招呼着教授和客人："快，快上来吧！"

不远处，平静的海面上，驶来了一艘写着"海底矿藏考察"的救生船。那船看见"探索号"浮出水面，很快地靠了过来。瞬时，一个戴黑框眼镜的中年人，倏地跳上潜水器的嘹望台，一把握住于教授的手，说："太感谢你们了，你们搭救了我们的同志，我们在电视中都看到啦。"

潜水员给于教授介绍说："这是我们的考察队长老吴。"

"哦！"教授愣了一下，然后使劲握住老吴的手说，"这是我们应该做的。"

"呜——呜——"突然，海面上传来一阵高亢的汽笛声。"探索号"离绿色的红领巾号生物考察船不远了。

"于教授，你看！"小军指着对面船舷旁一群正在挥舞着红领巾欢呼的少年，回头对两位客人说，"请上我们船去作客吧，同学们正等着呐。"

万兽之王

〔中国〕魏雅华

一 起 头

期终考试通知单一拿到手，我一看，嗬，总评96.5分！

您就别提我有多高兴了，一蹦三尺高。噢，别忙，您大概还不知道我为什么得意。

这事儿，让我从头说起。我有个舅舅，在中国科学院生物研究所工作，是个生物学家。去年，他到我们这一带来考察，捕捉了好些野生动物，有羚羊、长颈鹿、斑马、赤面猴等。考察组临走的时候，我看中了他们的一只刚出生的小梅花鹿，死缠活赖地跟他要，可他到底没给我。但他临走的时候，留了一句话，说是："你明年期终考试总评要是在95分以上，我送您一件礼物，比梅花鹿还好。"

听听，比梅花鹿还好！

得，这下我看他怎么办，说话算数不算？

二　万兽之王

我立刻给舅舅写了封信，信上说：

亲爱的舅舅：

您好！先向您报喜，我本学期总评96.5分。您还记得您去年答应我的事吗？

祝您健康！

您的外甥　小晓

7月10日

信贴好邮票，丢进邮筒，寄走了。从此，我便天天翻着日历算天数：路上走几天，几天能到舅舅手里，什么时候能见到回信……盼呀盼，直盼得脖子发酸。

到了寄出信的第五天，也就是7月15日中午11点，我果然听到邮递员在门口喊："李晓，信！"

我冲出门去，一把抓在手里，心都快蹦出来了。一看地址，真是舅舅的。我欢喜得手直发抖，打开信一看：

小晓：

你好！向你祝贺！

下星期五（7月25日）我去你们家，顺便带去我的礼物。先告诉你，这件礼物非同寻常，我说比梅花鹿好，要好一千倍呢！是件你做梦都想不到的礼物。

我送给你的是万兽之王！

等着我。问全家好。

舅舅

7月13日

天哪！我把信看了一遍又一遍。要送给我一只"万兽之王"！什么是"万兽之王"？莫不是大老虎？你看那画上的老虎，脑门儿上不都有个"王"字？对，准是只比老猫大一点儿的小老虎。

这可好玩啦，每天上、下学我都能牵着小老虎，有多神气！

舅舅说他下星期五就来，妈妈要我别着急。可我觉得一天比一年还长，恨不得一下子把日历撕到7月25日。

三 皮 箱

好不容易，撕下了7月24日的日历。7月25日，终于盼来了。

天不亮我就守在村口等舅舅，等呀，等呀，就是不见舅舅的影儿。他也不来个电报，告诉我们他坐哪班车；要不，我早就跑到车站去了，省得在这儿望……那个挺文雅的词儿怎么说？对，叫"望眼欲穿"！

怎么也望不见。我垂头丧气地回家吃饭。刚端碗，"吱呐"一声，大门开了，隔壁的黑妞儿探头进来，喊了一声："小晓，你家来客人了！"

我大喊一声："妈，舅舅来了！"便朝门口冲去。刚到门口，就看到了舅舅。

他，左手搭一件风衣，右手提一只皮箱，来了。我一下扑上去抱住了他。

爸爸妈妈一齐迎了出来，好一阵子热闹。

可是……"万兽之王"呢？它在哪儿？噢，大概还在车站，没取回来吧？

我问舅舅："舅舅，你的东西都从车站带回来了吗？"

舅舅"带回来了呀！"

我赶忙又问："您答应给我的礼物在哪儿？"

他说："不就在你身边吗？"

我左看右看，也没有看见。

舅舅一指皮箱："就在这皮箱里。"

啊？"万兽之王"会在皮箱里？我敲敲箱子，又听听，里面什么声音也没有。我细看那箱子，像是黑色人造合成革的面儿，很漂亮，但没有光泽，手摸上去很舒适，像泡沫塑料一样。我心想，大概这面儿是透气的。箱子口上嵌着镀铬的亮闪闪的钢边儿，装饰得很华丽，是只高级航空皮箱。

可这里面……会有小老虎吗？

"你骗我！"我忿忿地叫起来，眼泪直在眼眶里打转儿。

舅舅却神秘地笑着，说："不，我没骗你。"

"你骗我！你骗我！你骗我！"我一声比一声高。

"不许这样和舅舅说话！"爸爸斥责我。

"别着急，小晓，"舅舅神秘地笑着，说："真是'万兽之王'，比大老虎还厉害的'万兽之王'，一点儿都不假！待会儿你就知道了。不过，你总得讲点礼貌吧，总不能让舅舅饿着肚子吧？吃饱了肚子再看礼物，行吗？"

我的脸"唰"地红了，赶快去给舅舅盛饭。可心里老在想，他葫芦里卖的什么药？那皮箱里有小老虎吗？可他怎么又说是比老虎还厉害的"万兽之王"？

说他骗我吧，看他那神气，像是真的；说他是真的吧，这小小的皮箱里能装一个"万兽之王"？

四　初试锋芒

好不容易等舅舅吃完了饭，我急得抓耳挠腮，舅舅却故意东拉西扯，就是不提"万兽之王"。

等了半天，我实在忍不住了，就喊起来："舅舅，你答应我的：万兽之王!"随着喊声,眼泪也滚了下来。

舅舅这才着了忙,笑吟吟地说:"别哭,没出息!小晓,我给你看。"说着,他朝皮箱走去。

我以为他要开箱子,其实,他没开。他用手去拧箱子角儿上的一只螺帽儿,那螺帽儿头上滚花镀铬闪闪发亮,一拧便拧了下来,露出一个钢管儿。停了一会儿,里面爬出一只蚂蚁!后面像是还有一大群,正在探头探脑地想出来,舅舅忙又拧上了盖子。

我喊了一声:"蚂蚁!"

那是一只棕色的,个头儿不大不小的蚂蚁。

舅舅说:"你认识这是什么?"

我说:"这我还不认识?蚂蚁!到处都有,哪儿都能找到!"

舅舅说:"不见得吧?你细看看。"

我细看了看,圆圆的头,细细的腰,长长的身子,周身发着一种棕红色的亮光,头上一对触角不停地挥舞,行动出奇地灵活和敏捷。再看也就是只蚂蚁,有什么特别?

舅舅说:"这是一种热带蚂蚁,叫热带军蚁,因为它太厉害,有人又叫它'劫蚁'。我给它命了个名,叫'万兽之王'!"

原来如此。盼了一年,盼来只蚂蚁!

我觉得我受了骗,气呼呼地喊了起来:"骗人!谁没见过蚂蚁?它也能叫'万兽之王'?我一指头就能捻死它,还'万兽之王'呢!骗人!"

舅舅还是笑眯眯地说:"那你说,什么野兽最厉害?"

我说:"大老虎,狮子,狗熊!"

舅舅说:"要是这儿有,就来跟我的军蚁斗一斗。"

我说:"你明知家里没有,故意这样说!"

舅舅抬起头,瞧见院子里有只凶猛的大狼狗在徘徊。这是我养的虎崽。

舅舅说："这样吧，咱们先打个擂台，比试比试，看看是我的小蚂蚁厉害，还是你的大狼狗厉害！"

我说："行！"

可是，哪有狼狗跟蚂蚁打架的？怎么个打法？不是对手嘛！

一只这么不起眼的小小的蚂蚁，只要虎崽舌头一舔，不就了了？好吧，斗就斗，有你的好看！

"虎崽！虎崽！"我叫了两声，大狼狗立刻一跃进屋。我指指地上的蚂蚁，它朝地上看了看，只见地上并没有期待的食物，就莫名其妙地瞅了我一眼。我又指了指地面，虎崽便低下头去，用鼻头在地上乱嗅。可就在这当口儿，那蚂蚁却极敏捷地爬上了狗鼻子。

我惊叫了一声，"呀！"叫声未停，就听见虎崽像被人刺了一刀一样，惨叫着一跃，冲出了房门。我和舅舅都吓了一大跳。那狗在院子里，一面连声惨叫，一面就地打滚儿，把鼻子往墙上蹭。

我吓呆了，连忙跟出去瞧，就怕它出了什么事。

只听得舅舅在后面大喊了一声："抓住它！"

我还没有醒悟过来，狗已经发疯似的狂吼一声，跃过墙头，冲出院子，连滚带爬地在巷子里乱窜。全村的人都惊动了，跑出来看，不知出了什么事。

我跟在后面猛追，大喊着："虎崽儿！虎崽儿！"

舅舅也气喘吁吁地跟在我的后面，喊着："抓住它！抓住它！"

追了一大圈儿，狗又逃了回来，我忙关上院门，把它逼到墙角，一个饿虎扑食，抓住了。

舅舅满头大汗，从衣兜里掏出一枝小小的毛笔，又从口袋里掏出一个嘴巴尖尖的塑料小瓶，朝笔头上喷洒了一点什么药水，然后，把毛笔伸进了狗的鼻子。

那狗的鼻子早在地上蹭得鲜血直流，皮都没了，黑油油的鼻头满是血迹，喉咙里还猹猹地惨叫着。

不一会儿，茸茸的笔毛上爬着一只褐色的蚂蚁。我心疼地朝狗鼻孔里看看，早肿起了一个大包。

舅舅把蚂蚁从管口送回皮箱，笑着说："怎么样？小晓！"

我气呼呼地说："不怎么样！哼，投机取巧，钻进了狗鼻子！"

舅舅笑笑，扶正眼镜，说："你这可说得不对。这在兵法上叫作'以弱击强，避实就虚，以己之长，击彼之短'，说明小小的蚂蚁作战的聪明机智、灵活多变。你服气不服气？"

我嗤之以鼻："哼！就不服气，就不服气！"我忽然想起了我的"九斤黄"。"一只小小的蚂蚁，有什么厉害？再厉害，跟我的大公鸡斗斗！"

我想：鸡吃百虫，还斗不过蚂蚁！

舅舅说："大公鸡当然厉害，天生就是吃虫子的，不过也可以斗斗。但是有个条件：大公鸡那么大，小蚂蚁这么小，大的要让着小的一点。你派一个，我派五个，咱们斗斗怎么样？"

"五个？十个也不怕！"我大喊一声，跑出去抱公鸡。

五　再战再败

您瞧我这大公鸡，号称"九斤黄"，足有十来斤重，身高少说也有七十厘米，翅膀一扑腾，小孩都能撞个跟头。全身金黄色的羽毛里夹着朱红、赤褐，亮闪闪，金灿灿，一走一摇，八面威风，活像那戏台上的大元帅，可以说是全村第一号大公鸡！

舅舅把箱子提到院子里，先对我说："小晓，把大门关上，免得鸡跑出去，要是再追鸡，我可跑不动了。"

我抚摩着我的大公鸡，说："哼，你那几只蚂蚁，不够大公鸡一嘴叨！"

话虽这么说，我到底还是关上了大门。

舅舅打开出口，不多不少放出五只蚂蚁，然后关好出口。

蚂蚁一出来，大公鸡可比不得那傻乎乎的狼狗，一盯见就跑了过去，张嘴就叼，小蚂蚁也两路分兵迎上前。说时迟，那时快，大公鸡一口就叼了一个！

我刚要欢呼，却听见大公鸡惊天动地地惨叫一声，粗大的鸡爪子便挠向自己的头，一个跟跄，拖着翅膀，满地打起滚来！

我吓懵了！

舅舅忙喊："捉住它，小晓！快呀，捉住它！"

我刚清醒过来，大公鸡早"扑腾"一下上了房。

它在房上惨叫着，扑腾着，翻滚着，连房瓦都给扑棱下来好几片！

我急了，捞了根竹竿便打，它又一扑棱，惨叫着，飞到隔壁去了。我跑进隔壁院子，它又翻墙飞进了另一家的后院。我要追过去，还得绕过一条街呢。

真是鸡飞狗跳墙！

好不容易才在狗娃家的麦草垛下抓住了它，三只黄蚂蚁把鸡冠子咬得像马蜂窝！

舅舅问我："服不服？"

我含着泪，咬咬牙，叫喊着："不服，不服，就不服！"

舅舅"噗哧"一声笑了，说："真拿你没办法，小犟牛！"

我一抡拳头，说："有本事让它来跟我斗，斗败了我，算它厉害！"

舅舅瞪大了眼睛（那眼镜一下滑到了鼻子尖上），惊讶地说："小晓大战蚂蚁，没听说过！"（说着，赶快扶了一下眼镜）

我说："没听说过，就听一回。来吧，小晓大战蚂蚁！"

六　御驾亲征

舅舅说："这可真是御驾亲征了。"

我袖子一挽，说："来吧，放十个出来，我一巴掌拍死五个，两巴掌叫它全军覆没，杀它个片甲不留！"也不知哪儿冒出来这么多词儿，下回考语文的时候，多冒出几个来就好！

舅舅说："人可比不得鸡、狗，要是钻到你的耳朵、鼻孔里去怎么办？"

他这么一说，我还真有点胆寒，可也不能缩回去呀。我想了想，忽然有了办法。我说："不怕，我拿棉花把耳朵、鼻子堵上！"

我真地找出药棉，堵上耳朵、鼻子，说："来吧！"还"嗵嗵"地拍了拍胸脯，说："看我杀它个片甲不留！"

舅舅说："你可别后悔！"

我说："嗨，那还叫男子汉大丈夫？"

舅舅笑笑，拧开了箱子盖儿，一小队蚂蚁从里面跑了出来。我不宣而战，上去就是一脚，待抬起脚时，蚂蚁炸了群，四散逃开，只踩住两只，一只恰好藏在砖缝里，居然安全无恙，只有一只被我踩死。

可是，不妙！

有三只蚂蚁就在我脚刚落地的一瞬间，爬上了我的鞋帮儿。我慌忙用手去打，有两只被打落在地，另一只却从侧面钻进了我的裤筒。

更糟糕的是，还有三只爬上了我赖以支持全身的另一只脚，并且由于我忙于对付左路军，右路军便在没有遇到抵抗的情况下，长驱直入了。

形势严重！

我忙低下头去，拉开右脚裤腿，搜寻入侵之敌，正要用手去把它们拨出来，左腿上又立刻感到一下针刺般的疼痛。

我"哎哟"一声，狠狠地朝痛处打了一掌。可这时我突然发现，右腿上有两只顺着我的右臀钻了进去。

我忙用左手去抓右臀裤筒里的蚂蚁，不料大腿上又被狠狠地咬了一口；我又赶快伸手去抓，可这时右腼肢窝里又被咬了几下！

一霎间，四面刮风，八方起火，我只觉得我的周身有千百根刺在乱扎，像是捅了马蜂窝，成百成千的马蜂围着我蜇！我明白，我已全线崩溃，慌忙叫喊："舅舅，救救我，快呀，救救我！"

舅舅七手八脚地帮我扒衣服。我跑进屋里，脱得精赤条条。舅舅拿出那个塑料小瓶，冲我身上喷了几下，那几只蚂蚁便从我的头上、腰上、腿上爬了下来，撤退了。

我看看身上，小腿、大腿、前胸、后背、腹部、脖颈、头皮都出现了大片大片的红斑，有几处已被咬破，渗出了鲜血，又痛又痒，气得我直咬牙！

不过，我再也不敢小看这小小的蚂蚁了。我现在才发现，那细长的身躯，那灵活的肢干，那双不住挥动的触角和那对宽大的腭，是那样适合格斗、越野、驰骋。它厉害就厉害在两个字上：小、巧！

身上到处都火辣辣地疼，舅舅给我擦了些药水，好了一些。我穿上衣服，说句实话，有点儿望蚁丧胆了。

舅舅扶扶眼镜，问我："怎么样，小晓？"

我坐了下来，半天没吭声，一想到蚂蚁乱咬全身的滋味，不由得毛骨悚然！

我看看那只皮箱，心想：真惹它不得，好厉害呀！

七　天下无敌

舅舅笑着说："告诉你，今天我的蚂蚁是在单兵作战，要是放一群出来，你的大狼狗、大公鸡都会给吃得干干净净，只剩下几根骨头。"

"真的?"我惊骇地说。

舅舅说："别说一条大狼狗，就是一只大老虎、非洲雄狮、亚洲象、北极熊，我的蚂蚁一冲上去，谁也逃不掉！你知道我这只箱子里装了多少蚂蚁? 有一百万。百万雄师啊！"

"一百万?"我不寒而栗了。

舅舅说："这箱子里面有一块冻胶状多孔泡沫塑料，那无数四通八达的孔洞里到处栖息着蚂蚁。有蚁王、工蚁、兵蚁，还贮存着蚁卵和食物。蚂蚁是一种社会性的昆虫，有着严密的组织结构和森严的纪律，各司其职，有条不紊。这箱子里面是一个蚂蚁王国。你没有见过它们的集团作战，那是非常可怕的。任何最凶猛的野兽，甚至巨蟒和鳄鱼，都难免葬身蚁口。你想，猛兽的牙齿、利爪，对蚂蚁有什么用? 千千万万的蚂蚁，一拥而上，咬头的咬头，咬脚的咬脚，成千上万张嘴齐下，谁对付得了? 不到一会儿工夫，风卷残云，一只水桶般粗，长达数丈的巨蟒，也会只剩下一具残骸。蚂蚁甚至会钻进骨髓、骨缝，啃得连一点肉渣儿都不剩，那骨骼甚至可以用作动物标本，干净极了。你看，我说它是万兽之王，怎么样，不假吧?"

我点点头，打心眼儿里服了，真想不到，好厉害的蚂蚁！

舅舅说："你别看它小，它比人类的历史要长得多。人类有文字记载的历史只有四五千年，再早些，追溯到猿人，也不过几万年，几十万年而已，而蚂蚁在地球上的历史却已经有四五亿年，是世界上罕见的古生物种。它比恐龙出现得还早。在这漫长的四五亿年中，地球上经历了几个大冰川期，许多生物都灭绝了，但蚂蚁却活了下来，而且繁荣昌盛。地球上有多少人? 四十几亿吧，可蚂蚁的数目，仅在亚洲，大约就有八九兆亿亿以上，是地球上最多的生物之一。"

我说："要它有什么用?"

"有什么用？"舅舅神秘地笑笑，"好吧，我很快就让你看看小蚂蚁的神通，它能经天纬地、翻江倒海呢！"

八　百团大战

第二天，舅舅到我们生产队去了一趟。我问他去干什么，他笑而不答。

过了两天，队部传下一道命令：明天——星期三早上八点以前，全村男女老少，连同饲养的各种家禽牲畜，一齐撤离村子，不许遗漏一个。

第三天上午八点，全村男女老少，赶着鸡鸭猪狗、牛羊骡马撤离一空，队长和干部又挨门挨户地做了检查，然后也撤离村子，并在各个路口设下岗哨，禁止所有行人入内。

这时，舅舅提出了他的皮箱。

舅舅说："小晓，等着看吧，我的蚂蚁要在这个村子来个百团大战！"

舅舅拿出那个塑料小瓶，给我和他身上都喷洒了一些药水。舅舅说："这样，蚂蚁就认识你了，不咬你。"可他一说咬我，我的身上立刻起了一层鸡皮疙瘩，那还在溃烂、结痂的旧伤，似乎又有点作痒作痛了。

舅舅打开箱子四个角的八个出口，蚂蚁立刻蜂拥而出。那蚁群像自来水管里的水一样哗哗地流出来，不一会儿，地面上就黑乎乎地一大片了。这些蚂蚁向院子里涌去，上树、上墙、上房，潮水一般地涌向四面八方。屋梁上、柱子上、墙壁上、天花板上全都爬满了，可那箱子里还是没完没了地往外拥……

这千百万蚂蚁并非乌合之众，它们像是训练有素、纪律严明的士兵，繁忙而不混乱，迅速地在地面组成一种近似整齐的方阵，向各自的目标奔去。

不一会儿，我家的屋顶上就发出一阵"吱吱"的老鼠的惨叫声。我惊骇地抬头望去，随着一阵惊人的响声，从梁上掉下一只肥大的老鼠，全身叮满了蚂蚁，这只老鼠只在地上翻滚了几下，便躺在那里不动了。大群大群的蚂蚁蜂拥而上，张开头上那对强劲有力的大腭，大咬大嚼起来。

成千上万只蚂蚁，浩浩荡荡地奔向各个战场。

这群饿蚁像潮水一般地冲进畅通无阻的老鼠洞里，把一窝窝的老鼠连同鼠仔咬死吃掉；开进猪圈、爬上粪堆，吃掉沿途遇到的蚊、孑孓、蛹、蛆、蛾、蝎子、蜈蚣、蟑螂；爬进粮囤，把粮食虫连它们的卵一齐吃光；爬进枣筐，钻进虫眼，把一条条钻心虫拖出来，咬死、吃掉；爬到树上，吃净那些松毛虫；钻进衣柜，寻找那些专吃皮毛的蠹虫；钻进柱子、椽子、木器家具被白蚁蛀成的空洞，冲进白蚁的老巢，和白蚁展开一场恶战，杀死兵白蚁、工白蚁，咬死白蚁王，把吃不完的白蚁卵一粒粒地搬回家去，作为粮食贮存起来。

天黑时分，战争已结束，人们也纷纷回村，升起了饮烟，背着圆圆的月亮，迎接更美好的明天……